Asta Arnold ist nach 22 Jahren im Dienst internationaler Hilfsorganisationen am Münchener Flughafen gestrandet. Weggemobbt aus einer Klinik in Nicaragua, wo sie als Krankenschwester gearbeitet hat, steht sie nun ratlos neben einer Drehtür und raucht. Eigentlich wollte sie gar nicht zurück nach Deutschland, denn was braucht sie mehr, als gebraucht zu werden. Und wo soll sie nun hin? Kann sie, die so vielen geholfen hat, sich jetzt selbst nicht mehr helfen?

Während sie ihre Umgebung beobachtet, meint sie, die Menschen wiederzuerkennen, denen sie im Lauf der Jahre begegnet ist: den Koch der nordkoreanischen Botschaft, der eines Abends in einem Berliner Hauseingang hockte, oder ihren Exfreund, mit dem sie turbulente Wochen in einer tunesischen Ferienanlage verbrachte. Mit jeder Erinnerung taucht Asta tiefer in ihre Vergangenheit ein – und ihr ganzes abenteuerliches Leben zieht vorbei.

Katja Lange-Müller, geboren 1951 in Ostberlin, lebt als freie Schriftstellerin in Berlin. 1986 erhielt sie den Ingeborg-Bachmann-Preis, 1995 den Alfred-Döblin-Preis und nach zahlreichen weiteren Auszeichnungen 2013 den Kleist-Preis und 2017 den Günter-Grass-Preis. Im Fischer Taschenbuch Verlag sind lieferbar die Bände »Böse Schafe«, »Verfrühte Tierliebe«, »Die Letzten. Aufzeichnungen aus Udo Posbichs Druckerei« und »Die Enten, die Frauen und die Wahrheit«.

Weitere Informationen finden Sie auf *www.fischerverlage.de*

Katja Lange-Müller

Roman

FISCHER Taschenbuch

Die Arbeit an diesem Roman wurde mit einem Stipendium
des Deutschen Literaturfonds Darmstadt gefördert,
wofür die Autorin herzlich dankt.

MIX
Papier aus verantwortungsvollen Quellen
FSC® C083411
FSC
www.fsc.org

Erschienen bei FISCHER Taschenbuch
Frankfurt am Main, August 2018

Lizenzausgabe mit freundlicher Genehmigung
des Verlags Kiepenheuer & Witsch, Köln

Druck und Bindung: CPI books GmbH, Leck
Printed in Germany
ISBN 978-3-596-29889-1

»Es scheint mir, daß ein Mensch, bei dem allerbesten Willen, unsäglich viel Unheil anstiften kann, wenn er unbescheiden genug ist, denen nützen zu wollen, deren Geist und Wille ihm verborgen ist.«

– Friedrich Wilhelm Nietzsche –

Blitzgewitter, denkt Asta, das Wort ist mir lange nicht mehr, jetzt aber tatsächlich *blitzartig* eingefallen. Artiger Blitz? Bullshit. Also: Unter einem Blitzgewitter versteht man ein jäh einsetzendes, heftiges Gewitter, das ebenso plötzlich aufhört. – *Aufhören*, wieder so ein Wort, das Asta irritiert, sie stört in ihrem Bemühen, sich daran zu erinnern, was ein Blitzgewitter eigentlich genau ausmacht. Aufhören, denkt sie, könnte ja wohl noch etwas anderes bedeuten; doch würde man dann nicht eher *aufhorchen* sagen, in meiner Muttersprache, die ich nicht vergessen, nur kaum gebraucht habe, während der letzten zwanzig, nein, zweiundzwanzig Jahre, die ich wo verbrachte? In der Fremde. In *der* Fremde? Ach, in all den Fremden. – *Muttersprache*, auch dies zusammengesetzte Substantiv tritt sogleich eine Assoziationslawine los. Das Hauptwort Mutter, eben noch ganz fern, kommt ihr unangenehm nahe. *Haupt = Kopf*, denkt sie; mein Kopf hat seinen eigenen Kopf, und der behauptet, er müsse sich Wörter fangen, deutsche Wörter jetzt. Aber ist es nicht vielmehr so, dass all diese deutschen Wörter bereits gefangen waren in meinem Trotzköpfchen, *Kapitalverbrecher*, schweigsame *Knastgreise*, die längst resigniert hatten; doch nun, da ich zurückgekehrt bin ins Land meiner Herkunft, rühren sie sich wieder. – Apropos Muttersprache, wie oder was hat Mutter eigentlich gesprochen? Dazu fällt ihr nichts ein, gar nichts, jedenfalls nicht im Moment. Sie weiß bloß noch, warum die schon seit 1980 tote Mutter sie Asta genannt hatte. In ihrer Familie, nein, nicht in ihrer, sie ist ja mann- und kinderlos, in der Familie der Mutter, *meine Mutter* kann sie nicht mal denken, soll einst eine hübsche, freundliche Schäferhündin mit eben diesem Namen gelebt und jene irgendwie der dänischen Schauspielerin Asta Nielsen ähnlich gesehen haben. – Wenigstens das Wort *Wort* ist frei, denkt Asta, zumindest frei von jeder Doppelbedeutung, und ein Blitzgewitter heißt Blitzgewitter, weil es blitzschnell losbricht und abrupt endet, nicht wegen der Blitze, die es begleiten. Gewitter, aber keine Blitze, gibt es das? Und den Blitzen folgt Donner, *Donnergrollen*, *Donnerschläge*. Kein Gewitter ohne Blitze, keine Blitze ohne Donner. Ansonsten wäre ein Gewitter, selbst ein Blitzgewitter, ja gar kein Gewitter, nur ein starker Regen. *Der* Regen? *Das* Regen? Sich regen bringt Segen. Woher habe ich den Spruch? Von der Mutter? Vielleicht, blöd genug ist er. *Platzregen, Regenschauer*, seltsame Vokabeln …

Und weiter hält Asta ihre Lider geschlossen und rollt ihre Augäpfel bis zur Schmerzgrenze in ihren

Schädel hinein und sieht, wie auf einer Kinoleinwand, schneeähnlich kristalline Buchstaben umherwirbeln und einander anziehen und sich verfestigen zu unterschiedlich langen, lesbaren Ketten, die dann, beinahe gleichzeitig, niederrieseln auf ihre heiße, trockene Zunge und sich dort auflösen, bevor sie auch nur ein Glied dieser Ketten hätte ausspucken können. *Kettenglied*, denkt Asta, noch so ein zwielichtiges Wortgebilde.

Das Unwetter war ein Blitzgewitter gewesen, ein vollkommenes, mit Blitzen, Donner, Regen, und schon vorüber, als die alte Krankenschwester Asta Arnold nach einer dreiundzwanzigstündigen, von zwei Zwischenstopps unterbrochenen, nur auf den letzten Meilen ein wenig turbulenten Reise in München landete; die Stimme, die seit etwa drei Wochen bei ihr ist und manchmal auch in ihr, weiß das. Die Stimme weiß, was geschieht, und selbst Astas Gedanken sind undenkbar ohne sie. Die Stimme bestimmt; sie entscheidet, woran Asta sich erinnert, mal quälend genau, mal verklärend sehnsüchtig. Die Stimme lenkt Astas Blicke, öffnet ihr die Ohren, verbietet ihr den Mund. Soll Asta sich doch wehren, so gut sie kann! Denn immerhin, und dagegen ist nun wieder die Stimme ziemlich wehrlos, ist das, wovon sie zehrt, parasitär wie die Mispel vom Baum, ja Astas Leben – noch, aber nicht mehr lange; und wenn es zu Ende sein wird, dann für beide.

Asta denkt – und schweigt. Mit wem, fragt sie sich, sollte ich reden? Ich kenne doch keinen mehr, hier, am Boden meines *Vaterlands*, das nicht meines ist, weil es mir ebenso wenig gehört wie die Muttersprache; ich steh bloß drauf.

Ja, da steht sie, am östlichen Ende der Ebene 03 des Flughafens Franz Josef Strauß, neben einer vom Schalter einer Autovermietung verdeckten und darum kaum frequentierten Drehtür, zu der ihre Nikotingier sie blindlings geleitet hat. Aus Astas Umhängetasche, einem fleckigen, schweinsledernen Monstrum, lugt eine Duty-free-Plastiktüte hervor und aus der wiederum eine Stange Camel. Ihr Koffer, hatte es am Schalter der Fluggesellschaft IBERIA geheißen, sei wohl beim Umladen irgendwo hängen geblieben, entweder in San Salvador oder in Madrid. Das sei fast normal. Der würde schon noch kommen, vielleicht morgen oder übermorgen, aber spätestens nächste Woche.

In ihrer rechten Hand hält Asta das soeben geöffnete erste der zehn Camel-Softpacks à zwanzig Stück und eine nicaraguanische Streichholzschachtel, in der linken eine brennende Zigarette; sie zieht daran, heftig, wie eine, die das ewig nicht durfte, und rätselt: Was ist richtiger? Ich stehe vor der Tür oder ich stehe hinter der Tür? *Vor, hinter, richtiger* ... Die Wörter entweichen, in Gasblasen gehüllt, eins ums andere dem Schlammgrund der Vergangenheit und bevölkern allmählich das nachtschwarze Firmament meiner Schädeldecke; und dort oben treiben sie nun dahin, halbtransparent, aber klar definiert wie Luftballons, gemächlich wie Schäfchenwolken. Ich kann mir jedes einzelne Wort ausgiebig betrachten, es deuten, verstehen womöglich. – Richtiger? Im Deutschen lassen sich nicht alle Adjektive steigern; selbst diese Weisheit aus fernen Schultagen zieht nun wieder auf an Astas Horizont. Richtig ist, dass sie sich draußen befindet, zwischen der Drehtür und einem ihr bis zur Hüfte reichenden Chromstahl-Ascher voll bräunlich verfärbten Wassers und aufgeweichter Kippen. Kein schöner Anblick, doch das stört sie nicht. Ohnehin hat sie Mühe, sich zu orientieren; die nachmittägliche Sommersonne blendet sie. Und das, was sie sieht, wenn sie nicht hochschaut in das schmerzhaft grelle Licht, sondern zur Seite, nach vorn oder unten, unterscheidet sich kaum von dem, was sie gesehen hat, als sie am Managua-Airport kurz vor dem Start noch zwei, drei Abschiedszigaretten rauchte: Steinplatten, Betonsäulen, Gepäckwagen, Glasfront. Hier aber, denkt Asta, gibt es jetzt auch etliche Pfützen, aus denen, wie durch endlos lange Strohhalme, die Sonne säuft, mit all ihren Strahlen und durstig wie ein Beduinen-Kamel; die Pfützen werden kleiner und kleiner, zusehends schnell.

Sie entzündet die nächste Zigarette und geht ein paar Schritte. Durch ein hohes Fenster, das frontseitig die Vorrats- und Umkleidekammer des China-Restaurants begrenzt, an dem sie auf dem Weg zu der Drehtür vorbeigekommen ist, erspäht sie einen jungen Asiaten in Jeans und einer hellen, etwas schmuddligen, mit schwarzen Knotenknöpfen bis unters Kinn geschlossenen Kochjacke, der unbequem und dennoch fest schlafend auf vier aneinandergereihten Stühlen liegt. Sein flaches, blasses Gesicht ist vollkommen ruhig; nur seine halbkuglig gewölbten Lider und die Winkel seines leicht geöffneten Mundes zucken manchmal. Wahrscheinlich hat er einen heiteren Traum, denkt Asta und fühlt sich zu ihm hingezogen, gerade weil sie sich auch sicher fühlt vor der blau getönten Glasscheibe, unerreichbar für den Schläfer dahinter. Es ist ja nicht allein sein Traum, denkt sie, der ihn fernhält von mir und dem Ort, an dem wir uns beide befinden, so oder so …

Über das Bild des Kochs in der Vorratskammer des Airport-China-Restaurants schiebt sich ein anderes. Der Typ damals, denkt Asta, war auch ein Asiat und, falls meine Vermutung zutraf, auch Koch. Als ich dem begegnete, in den Siebzigern des vorigen Jahrhunderts, hatte ich gerade mein Schwestern-Diplom gemacht und auch schon den Vertrag mit der Leipziger Klinik unterschrieben. Ich war drauf und dran, die winzige Bruchbude in meiner Geburtsstadt Berlin, die ich nie Heimatstadt genannt habe und Hauptstadt erst recht nicht, zu verlassen. Der Umzug nach Leipzig-Plagwitz hing bloß noch davon ab, wann das Zimmer in dem Feierabendheim für sächsische Gastronomen, das tatsächlich *Zur Neige* hieß, geräumt würde; der ehemalige Oberkellner des Interhotels Astoria, der es bislang bewohnt hatte, lag in den letzten Atemzügen, zu Hause bei seiner Tochter Elke, einer Krankenschwester, die ich aus der Berufsschule kannte.

Es war die Nacht vom 20. zum 21. Juli 1967, für eine Hochsommernacht eine ungewöhnlich finstere. Ich weiß das noch so genau, weil wir, wie jedes Jahr, Carmens Geburtstag gefeiert hatten. Ich hatte mich früh, ja, unhöflich früh verdrückt – und mit nichts als Alkohol im Magen, denn Carmen hatte mal wieder ihren Eintopf *à la dumme Pute* gekocht, einen ungenießbaren Brei aus Reis, gehacktem Truthahnfleisch, Erbsen und Rosinen.

Carmen, die Polizistentochter, die Zarte, die Schönste von uns, zu der ich schon vor meiner Flucht in die Welt kaum noch Kontakt und die ich dann beinahe völlig vergessen hatte; bis ich, sehr viel später, in Ulan Bator, eines Abends nach Dienstschluss auf einer Berliner Internet-Trauerseite entdeckte, dass eine Carmen Meyer, deren Geburtsdatum mehr oder weniger zufällig mit dem meiner Carmen übereinstimmte, am »15. März 2000, nach langer, schwerer Krankheit von uns gegangen ist.« – Carmen, woran könnte sie gestorben sein? Krebs? Schlaganfall? Herzinfarkt? Sie wäre jetzt in meinem Alter …

Einen wundervoll roten Schopf hatte sie, feine, helle Porzellanhaut und flaschenglasgrüne Augen, was allerdings, ihre Mutter muss eine Ignorantin gewesen sein oder Carmen als Neugeborenes komplett kahl, nun gar nicht zu diesem feurigen Rufnamen passte – und mir neidischem Trampel Anlass zum Spott gab, wenigstens diesen einen.

Weil wir uns aus einem nichtigen, mir gänzlich entglittenen Grund gestritten hatten, war ich Carmens Bude so zeitig, dafür aber ziemlich besoffen und aufgewühlt entwichen in die laue, sternlose Nacht, um noch irgendwas zu unternehmen, womöglich jemanden fürs Bett zu finden. Doch mein Rausch wollte und wollte nicht vergehen, zu schwül hier draußen. Insekten umschwärmten die dottergelben Lichter der Straßenlaternen, von denen auch ich mich immer magisch angezogen fühlte und die auch mir gefährlich geworden wären, wenn, ja, wenn ich ebenso klein gewesen wäre – und Flügel gehabt hätte. Fliegen können, Motte sein, das habe ich mir als Mädchen und noch als junge Frau oft gewünscht. – Die Luft war klebrig wie die Kringellöckchen, die ich mir zu Hause mühevoll eingedreht und die ich später in Carmens Küche, ein Bad gab es ja nicht bei ihr, bei keiner von uns, mit Haarspray aus dem Westen eingenebelt hatte, so ausgiebig, dass sie anschließend unbeweglich wie Betonskulpturen von meinem Kopf abstanden; ich hätte ihn minutenlang schütteln können, kein Haar hätte sich vom anderen gelöst. – Es roch nach einem Gewitter, das aber nicht über diesem Teil Berlins, dem Nordosten, losbrach, sondern weiterzog; was wusste ich wohin.

Ich war den ganzen Heimweg gelaufen, hatte jenes trostlose Beamtenviertel in Mitte, das wir *Totenwinkel* nannten, weil es abends völlig verödete und an den Wochenenden sogar gespenstisch still – eben wie *ausgestorben* – wirkte, gerade erreicht und überquerte die Otto-Nuschke-Straße, von der links die Glinkastraße abging, da sah ich ihn. Oder hatte ich ihn zunächst nur gehört? Dies erbärmliche Winseln, von dem ich annahm, es wären Tierlaute, vielleicht die eines Hundes …

Der Mensch und Mann asiatischer Herkunft, als den ich ihn trotz der spärlichen Beleuchtung dann doch erkannte, hockte in einem Hauseingang. Ich blieb stehen, flüsterte ein paar belanglose Worte, an die ich mich nicht mehr erinnere; dennoch bewirkten sie, oder wohl eher meine rauchige Stimme, dass sich seiner Kehle ein hoher und zugleich tiefer Laut entrang.

Und jetzt vernehme ich diesen Schluchzer, oder was das war, wieder; er muss sich damals in meinem Ohr installiert und seither drauf gewartet haben, dass mein Gedächtnis den Knopf, der ihn auslöst, findet und drückt.

Der Laut – einen *Leise* gibt es ja nicht, nur einen leisen Laut – klang und klingt, als hätte ihn dieser Mann, wie fest auch immer er seine Lippen zusammenpresste, keine Sekunde länger zurückhalten können, so gottverlassen, so weltalleinsam.

»Brauchen Sie Hilfe«, fragte ich; aber er weinte bloß weiter. Ich hockte mich neben ihn, berührte seine Schulter, und reflexhaft wandte er mir sein Gesicht zu. Seine ohnehin fleischigen Lider waren derart verquollen, dass er Mühe hatte, sie zu heben; doch als es ihm gelang, glitzerten seine Pupillen nachgerade überirdisch hervor aus den schrägen, minimal geöffneten Sehschlitzen. Während ich, seiner Nase ganz nah, auf ihn einflüsterte und er vermutlich meinen weinsauren Atem roch, ließ er die Hände, die seine Mundregion bedeckt hielten wie der Halbschleier die einer orientalischen Frau, schließlich sinken und legte, als wollte er seinen Zustand erklären, den rechten Zeigefinger an seine linke Wange, die stark geschwollen war. Vom unteren Lidrand bis zum Kinn spannte sich seine selbst in dem warmen gelben Lampenlicht aschfahl wirkende

Haut über einer mächtigen Beule. Klar, durchfuhr es mich, der hat Zahnschmerzen!

Ist es nicht immer wieder erstaunlich, dass ein erwachsener Mensch mit allem, was ihn ausmacht, hineinpasst in so ein winziges rotes Fädchen, den rebellierenden Nerv eines Zahns?!

Er versuchte auszuweichen, prallte mit dem Schädel gegen die Haustür in seinem Rücken, bog sich zur Seite – und konnte mir trotzdem nicht entkommen. Ich drückte ihm meine linke Hand auf die Stirn, die glühte, obwohl er ja ansonsten leichenblass war, und ergriff seinen Arm, keine Ahnung warum. Sicher, ich war noch immer betrunken, frustriert sowieso, und er schaute, von der dicken Backe mal abgesehen, exotisch genug aus, richtig gut sogar, schlank, jung, bedürftig. Aber bockig war er auch, stemmte sich mir entgegen, wollte sich partout nicht hochhieven lassen. Also rückte ich ihm noch dichter auf die Pelle, umschloss sein Gesicht mit beiden Händen, nötigte ihn, mich anzublicken. Vielleicht weckte das Bestimmte und Teilnahmsvolle meiner Aktion etwas in ihm, die Sehnsucht nach Trost. – Und nach seiner Mama? Denn nun flossen seine Tränen wieder stärker. Doch die Töne, die diese Tränen jetzt begleiteten, klangen dumpfer, mehr vom Herzen herrührend, wenngleich nicht weniger kläglich. Ich fuhr ihm mit dem Saum meines knöchellangen, geblümten Baumwollkleids über die Augen; es fehlte nicht viel und ich hätte auch noch den Rotz abgewischt, der dünn und glänzend aus seiner Nase rann.

Völlig normal, wenn einer derart inbrünstig heult.

Ich redete weiter auf ihn ein, und er verstand kein Wort, aber wohl immerhin, dass ich ihm nichts Böses wollte. Oder waren es nur meine Berührungen, die seinen Widerstand brachen, ihn sogar etwas beruhigten?

Weil ich mich, zumindest irgendwie, mit ihm unterhalten wollte, stellte ich Zahnweh dar, runzelte die Stirn, tätschelte mir die Wange, öffnete die Lippen, tippte auf meine Zunge, schloss den Mund wieder, schluckte und seufzte, als beginne die Tablette bereits zu wirken. Und tatsächlich, er erhob sich und ließ sich von mir führen, ach was, abführen!, wie ein Übeltäter, der die Ausweglosigkeit seiner Situation erkannt und aufgegeben hat. Ich zog ihn an der Hand, die schmal und fest und kalt war, hinter mir her, die Straße entlang, in den Hausflur hinein, die Treppen hinauf. Wir waren kaum an der Wohnungstür, ich durchwühlte meinen Stoffbeutel nach dem Schlüsselbund, da unternahm er einen vorerst letzten Fluchtversuch, rannte zurück in den dritten Stock, kehrte aber wieder um, als er hörte, wie sich der Schlüssel im Schloss drehte.

Wir gingen in mein einziges Zimmer, und er setzte sich in meinen Polsterstuhl, einen riesigen, plüschigen Ohrensessel, den ich einem stets um Kleingeld verlegenen Schluckspecht aus der Nachbarschaft abgekauft hatte, für zehn *Alu-Chips*, wie wir die Ostmarkstücke nannten. Ich entnahm dem Gefrierfach meines Kühlschranks eine Flasche Doppelkorn, fand in dem Schränkchen neben meinem Bett eine Packung Titretta-Analgin und warf sie vor ihn auf den Tisch, zwischen die zwei Schnapsgläser, die dort bereitstanden, als hätten sie uns erwartet. Er schraubte den Deckel von der Flasche, goss ein, nur sich allerdings, trank, nickte, füllte sein Gläschen erneut, trank wieder, die Flasche dabei in seiner anderen Hand haltend; bis ich sie ihm sanft entwand, uns beiden einschenkte und, bevor nun auch ich trank, mein Glas gegen seins stieß.

»Prost«, sagte ich, und er, die Flasche wieder an sich nehmend, das einzige Wort, das ihm in jener Nacht entschlüpfte: »Gombee.«

Meinen verständnislosen Blick beantwortete er mit einem knappen, schiefen Lächeln. Er hat, soweit ich mich erinnere, dann nicht noch einmal gelächelt.

Nun war unsere Begegnung ja auch eine, die manch anderer vielleicht flüchtig nennen würde; sie kommt mir nur gerade jetzt so lang und intensiv vor, weil ich eine Art Déjà-vu erlebe, in dem sich jedes einzelne Detail ganz unwirklich dehnt.

Wir saßen da und tranken; er mehr als ich. Und wieder versuchte ich, mit ihm zu reden. Doch Russisch, die einzige Sprache außer Deutsch, die mir seinerzeit einigermaßen geläufig war, verstand er auch nicht, ja nicht einmal die drei, vier Brocken Englisch, die eigentlich jeder kennt. Was blieb mir übrig? Ich verlegte mich auf das Simpelste, schlug mir an die Brust und sagte »Asta«, ließ dann meinen Zeigefinger vor seiner Brust kreisen, zog ein fragendes Gesicht und die Schultern hoch und breitete die Arme aus.

Er begriff sehr wohl, was ich von ihm wollte, da war und bin ich mir sicher.

Seine Augen weiteten sich, angstvoll starrte er ins Leere, schüttelte den Kopf, machte eine abwehrende Handbewegung. Es war deutlich genug, er mochte seinen Namen nicht preisgeben und ebenso wenig, von wo er, zahnwehgepeinigt, weggelaufen war.

Ich demonstrierte meine Arbeit, indem ich so tat, als würde ich einen Verband um meinen Fuß wickeln, mir Blut abnehmen oder eine Spritze setzen. Am Ende der Vorstellung malte ich ein Kreuz in die Luft. Doch schon während ich dieses Kreuz schlug, kamen mir Zweifel. Womöglich, dachte ich, hält er mich nun nicht für die Krankenschwester, die ich ja bin, sondern für eine fromme Christin, die sich, in der Absicht, ihn zu bekehren, als Samariterin geriert.

Auch wenn er nicht wieder lächelte, mein zweiter kleiner Stummfilm hatte ihn wohl doch amüsiert. Oder animiert? Denn jetzt mimte er seinerseits diverse Tätigkeiten, schnippelte nicht vorhandenes Gemüse, rührte in einer imaginären Pfanne, aus der er etwas ebenso Imaginäres in die Luft warf und wieder einfing.

Ganz begeistert stürzte ich daraufhin in die Küche

und kam zurück, mit einem Topf, einem Teller – und leider auch einem großen, scharfen Messer. In seinen Augen flackerte erneut die pure Angst; keine Ahnung, ob vor mir *und* dem Messer oder davor, dass er sich hatte hinreißen lassen, seinen Beruf zu verraten.

Danach war Schluss, mit allem, nur nicht mit dem Schnapstrinken. Ich verlor die Lust, in jeder Hinsicht. Sicher dachte ich noch ans Bett, aber nicht mehr daran, wie ich ihn hineinbekäme. Seine Furcht, seine Zahnschmerzen, die der Alkohol offensichtlich recht gut betäubte, seine dennoch schier unvergängliche Traurigkeit und sein beharrliches Fremdeln langweilten mich; Müdigkeit fuhr mir in die Knochen, beschwerte meine Lider.

War ich wirklich auf Sex mit dieser flüchtigen Bekanntschaft ausgewesen? Unterstelle ich mir das nicht nachträglich, weil ich mich zu etwas, das wir früher einen *flotten Feger* nannten, hoch- oder runterstilisieren will? Könnte es mir heute, fast fünfzig Jahre später, etwa peinlich sein, dass ich schon damals am Mit*leid* litt, so komisch das nun wieder klingt, und bloß hatte helfen wollen und nur falls sich daraus eine Gelegenheit ergibt auch ein bisschen Glück für mich abstauben, einen Quickie, ein paar Küsschen, na, wenigstens einen dankbar-bewundernden Blick?! Ist meine Erinnerung an die junge Asta, also an mich, etwa eine von Selbsthass und Eigenliebe gleichermaßen lancierte Legende?

Ich ließ ihn sitzen, mit meinem, jetzt vielmehr seinem Schnaps, sank, so wie ich war, im Blümchenkleid, aufs Bett, rollte mich zusammen und schlief ein.

Als ich erwachte, vom Gerumpel der Mülltonnen, die morgens geleert wurden, brannte an der Decke noch das Licht. Doch er war weg – und die Kornflasche auch. Ich tappte in die Küche, dann in den Flur, wo ich meine Wohnungstür geschlossen vorfand, dann zurück ins Zimmer, nachsehen, ob außer ihm und der Flasche etwas fehlte. Aber da ich für den Moment nichts vermisste, legte ich meine Klamotten ab und mich wieder hin.

Stunden später, es mochte gegen zwölf Uhr gewesen sein, hörte ich von der Tür her beharrliches Klopfen. Zum Glück war ich bereits geduscht und im Bademantel und hatte mir gerade einen Kaffee gebrüht; nur deshalb ging ich öffnen. Oder hielt ich es für möglich, dass mein Patient, wenn er schon nichts als eine fast leere Schnapsflasche mitgenommen, so vielleicht ja doch etwas vergessen hatte?

An meiner Tür stand aber weder er noch nur ein Asiat, nein, dort standen gleich sechs von der Sorte. Und sie trugen graugrüne Uniformen. Und einer streckte mir einen Strauß weißer Rosen entgegen.

»Frau Arnold«, sagte der links außen, der mit dem Strauß, in bestem Deutsch, »wir danken Ihnen! Sie haben sich überaus vorbildlich um unseren kranken

Genossen gekümmert, und Ihr schönes, sozialistisches Bruderland ist mit unserem verbündet. Dennoch ist es nicht ungefährlich in Ihrer ruhmreichen Hauptstadt und so nahe dem antifaschistischen Schutzwall, nachts, allein auf der Straße. Darum gestatten Sie uns, dass wir Ihnen im Namen unseres großen Führers Kim Il-Sung und der gesamten Koreanischen Demokratischen Volksrepublik ein paar bescheidene Blumen überreichen.«

Diese Sätze, an die ich mich wortgenau zu erinnern meine, besonders an die *bescheidenen Blumen*, las er von einem Zettel ab. Ich erwiderte kein Wort, außer vielleicht »tschüss«, ergriff das Bukett und schloss, nachdem die Herren sich knapp verbeugt hatten, schnell meine Wohnungstür, die ich, glaube ich, sogar verriegelte, als sie unten angekommen, ihre Schritte draußen im Treppenhaus jedenfalls verhallt waren.

Ich setzte mich auf eben jenen Polsterstuhl, auf dem mein nächtlicher Gast gesessen hatte, griff nach der Packung Club, die neben der leeren Titretta-Analgin-Schachtel lag, und entzündete mit zittrigen Händen ein Streichholz; dessen Flamme schwärzte die Zigarette, an der zu ziehen ich vergaß, bis sie so weit runtergebrannt war, dass sie mir beinahe die Fingerkuppen versengt hätte.

Ein Koreaner, das also war er; und auch noch ein Nordkoreaner! Ich hätte es mir, zumal sich das Konsulat dieses seltsamen Staates nicht weit von meinem Haus entfernt in der Glinkastraße befand, auch denken können, wenn, ja, wenn ich hätte denken können. Was oder wer hätte er denn sonst sein sollen?! Ein Chinese, ein Japaner, ein Mongole, ein Vietnamese, ein Thai? Warum hatte ich auf alles Mögliche getippt, nur nicht auf Koreaner? Sein Teint war dunkel und dennoch blass, sein Gesicht nicht so rund wie das vieler Mongolen, Chinesen und Japaner, seine Nase groß und kühn gebogen, sein Haar borstig dick, aber dunkelbraun, nicht blauschwarz. Vielleicht ausgebleicht vom Küchendunst? Insgesamt wirkte er eher indigen, also süd-, mittel- oder nordamerikanisch; ohne Weiteres hätte ich ihm den Mexikaner geglaubt, den Bolivianer, sogar den Sioux.

Und wie, fragte ich mich, kam es, dass seine Landsleute derart schnell bei mir auf der Matte gestanden haben. Sie kannten meinen Namen, meine Adresse … Haben sie uns beobachtet oder erst einmal nur ihn verfolgt, diesen vor lauter Zahnweh irgendwie durchgeknallten Parteigenossen Botschaftskoch, der wahrscheinlich schon vor unserer Begegnung versucht hatte, sich mit Schnaps zu kurieren – an seinem Arbeitsplatz zwischen den Gemüsekörben und den Wok-Pfannen oder in seinem Stübchen unter dem Konsulatsdach – und unter einem Poster des Diktators, um den sich fröhlich die Werktätigen scharen, Männer in graugrünem Zwirn und schreibunt gewandete Frauen und lachende junge Pioniere? Oder hat er sich, wohl wissend, dass seine, ganz sicher unerlaubte, Abwesenheit bemerkt worden war, heute Morgen gleich selbst angezeigt und brühwarm gestanden, wo er weshalb, wie lange, mit wem gewesen war? Werden sie bloß eine strenge Disziplinarstrafe über ihn verhängen, oder ist er schon auf dem Weg zurück in seine ferne, fiese Heimat, in der ihn dann zwanzig bis dreißig Jahre Gulag erwarten? Oder lebenslänglich? Oder noch Schlimmeres?

Und ich? Wird das Ministerium für Staatssicherheit von denen einen Wink bekommen? Werde ich mich, falls die Unseren mich vorladen sollten, herausreden können? Ich werde etwas von Solidarität faseln, davon, dass ich als Krankenschwester es für meine Pflicht halte, zu helfen, immer und jedem.

Es geschah aber nichts, gar nichts; ich bekam keinen Besuch seitens unserer Offiziellen – oder Inoffiziellen, und für die Herren Diplomaten von nebenan war die Sache, soweit sie mich betraf, wohl erledigt.

Weil mir klar war, dass ich am künftigen Schicksal des jungen Botschaftskochs einen nicht unbeträchtlichen Anteil hatte, umschlich ich im Schutze der Dunkelheit noch zwei-, dreimal die Residenz der Nordkoreaner, einen erst wenige Jahre zuvor fertig gewordenen, abweisenden Betonklotz, sah jedoch niemanden außer dem Wachsoldaten neben seinem Schilderhäuschen.

Da sagte ich mir, dass es im Leben, auch und vielleicht sogar besonders in meinem, eben Geschichten gebe, die offen bleiben würden, deren Fortgang und Ende ich mir, falls ich das nicht ertragen könnte, schon selbst zusammenreimen müsste.

Plötzlich vernimmt Asta Töne, reale Töne; ein heiserer, aber nicht völlig falsch klingender Gesang holt sie zurück in die Wirklichkeit. Abrupt wendet sie sich dorthin, wo sie die Quelle dieses Gesangs vermutet, und erblickt einen über einen Abfallkübel gebeugten, mit beiden Händen Papier, Flaschen, Plastiktüten, verbeulte Getränkedosen, Essensreste daraus hervorkramenden und dann achtlos zu Boden werfenden Mann in abgetragenen gelblichen Breitcordhosen.

Wohnhosen, erinnert sie sich, das war unser Wort für diese Art Beinkleider, und im nächsten Moment auch an den Witz, der sie drauf gebracht hatte: Paul kommt spät und etwas betrunken nach Hause. Paula, sagt er zu seiner Frau, ich war heute beim Arzt. Und gleich morgen früh will der mich noch mal untersuchen. Ich soll eine Urinprobe, eine Stuhlprobe und eine Spermaprobe mitbringen, alles zusammen. Wo ist das Problem?, antwortet Paula. Du ziehst einfach wieder deine heiß geliebte Cordhose an.

Bis zu den Knien des Mannes hängt lose ein T-Shirt, dessen Farbe man als verwaschenes Blau bezeichnen könnte. Doch verwaschen wäre irreführend, denn das schmutzige, zerknitterte Teil hat um die Achseln herum dunkle, von weißen Salzrändern scharf begrenzte Flecken; Schweiß, neuer und alter, dessen Geruch Asta in die Nase fährt, obwohl der Mann auf Distanz bleibt. Sein schwarzes, nur über der Stirn schon etwas ergrautes Haar ist lang, dicht – und wirr – wie sein Blick. Die vollen, spröden Lippen in seinem sonnenverbrannten, kantigen Gesicht formen bloß Laute, keine Wörter, jedenfalls keine, die Asta verstehen könnte. Sie glaubt, die Melodie von *Hänschen klein, ging allein …* zu erkennen.

Wann habe ich das zum letzten Mal gehört, fragt sie sich. Käme ihm nicht dies Kinderliedchen über die Lippen, ich würde ihn glatt für einen Nicaraguaner halten, einen Nica, wie sie sich nennen und wie auch wir sie nannten, einen von denen, die in Managua, León oder Rivas die Müllberge durchwühlen und irgendwann selbst dort landen, verhungert oder erschlagen. Doch manche, diejenigen, die weniger lethargisch waren oder mehr Glück hatten, sind auch bei uns gelandet; einer brachte sein fieberndes Kind, einer hatte Meningitis, einer Arthritis, einer entzündete Ohren, einer Würmer, und wieder einer war nur auf einen Skorpion getreten; vielen konnten wir helfen, jedem nicht.

Helfen, war es das? Das war's! Aber hat das Elend mit dem Helfen angefangen? Oder umgekehrt das Helfen mit dem Elend? Helfen, helfen, helfen, und warum? Ist es uns, war es mir, wirklich immer nur ein Bedürfnis? Oder wollte ich, ohne dass es mir klar gewesen wäre, noch etwas anderes beweisen? Und wem wollte ich dieses *etwas andere* beweisen? Mir? Unseren Patienten? Sicher, meistens waren und sind wir Ärzte, Schwestern, Pfleger aus Westeuropa, den USA, Kanada, Japan … hilfreicher – Frau Doktor Nieswandt würde sagen *effektiver* – als die oftmals schlecht ausgebildeten Kollegen in den Entwicklungsländern und den Krisen- oder Katastrophengebieten dieser Welt. Hofften und hoffen wir, womöglich unbewusst, dass die Menschen, die von unseren Fähigkeiten, Möglichkeiten, Medikamenten profitiert haben und weiterhin profitieren werden – *profitiert*, wieder so ein saublödes Wort –, deshalb glauben, wir wären ihnen überlegen, und nicht nur im Bereich der Medizin, sondern in nahezu jedem? Ist unser Handeln, auch wenn sich viele von uns ja wohl für Atheisten halten, nicht dennoch irgendwie missionarisch? Andererseits ist der Drang, dem Artgenossen helfen zu wollen, ja, helfen zu müssen, ein uralter Reflex – und kein auf unsere Spezies beschränkter.

Ich war neunzehn, hatte gerade die Leipziger Bleibe bezogen, als ich eines Tages Mitte September nach dem Frühdienst heimkam und mein Zimmer seltsam dunkel vorfand. Zwischen den Scheiben des geschlossenen Doppelfensters wimmelte es, wie ich schnell feststellte, von Wespen, so vielen, dass kaum mehr Licht einfiel. Da ich ihren Stachel ja nicht zu fürchten brauchte, schaute ich mir die Tierchen ganz ruhig an und verglich sie mit den in meinem Insekten-Lexikon abgebildeten Arten. Bei der Art, die ich hatte, handelte es sich um die Deutsche Wespe; die, las ich in dem Lexikon, »gehört zu den sozialen Faltenwespen, ist ein Dunkelhöhlennister und bringt es pro Lebenszyklus auf ein Volk von bis zu fünfzigtausend Individuen«.

Meine Deutschen Wespen hatten sich in einem Hohlraum zwischen Hauswand und Fensterrahmen eingenistet und von dort aus wohl versucht, ihren Bau zu erweitern, sich also durch Mörtel und Holz gebissen – und waren doch nur ins Freie gelangt – oder eigentlich in ein durchsichtiges Gefängnis. Denn Glas zernagen, das vermag nicht einmal *Vespula germanica*.

Ich wartete bis zum Einbruch der Dämmerung, weil alle Schwarminsekten, auch Wespen, dann in ihren Bau zurückmüssen, und drückte, als meine schlafen gegangen, jedenfalls nicht mehr zu sehen waren, den Inhalt einer Flasche Spülmittel in die Öffnung, die sie sich zum Zwecke des Ein- und Ausschlüpfens geschaffen hatten; das, glaubte ich, würde sie umbringen.

Aber welch ein Desaster erlebte ich am nächsten Morgen, es war der eines Sonntags! Größere und kleinere Gruppen spülmittelverschmierter Wespen zogen von dem Zeug völlig durchweichte oder auch schon daran gestorbene Artgenossinnen aus dem Löchlein hervor und bugsierten sie aufs Fensterbrett, wo wieder andere Gruppen und Grüppchen geringer Betroffener sich hektisch bemühten, diesen Schwerstkontaminierten irgendwie zu helfen, sie mit ihren Mundwerkzeugen zu reinigen und deren aneinanderklebende Flügel zu entfalten. Es war grauenhaft, und nicht nur, weil ich den aus den Worten sozial, Falten und Wespe zusammengesetzten wissenschaftlichen Begriff für diese gelb-schwarz gestreiften Plagegeister nun buchstäblich *begriff*.

Montagfrüh erzählte ich Nachtschwester Margit von meinem Misserfolg, und sie diktierte mir, während sie den Kittel ablegte und ihren Trenchcoat überzog, die Nummer eines Kammerjägers ins Stationstelefon, den ich erstaunlicherweise auch gleich erreichte. Und da ich ihm, falls er möglichst bald kommen könnte, beste Bezahlung versprach, hatte er noch am Abend desselben Tages Zeit für mich und machte dem Jammer ein Ende.

Ach ja, helfen, denkt Asta, das war schon schön – am Anfang. Und später? Später, Jahre später, nannte eine meiner Schwesternschülerinnen es *geil*. Das Wort behagte mir nicht, obwohl es irgendwie zutrifft; helfen ist geil und macht geil: machtgeil. Zu helfen weckt ein seltsames Verlangen in dir, aber eines, das gestillt werden kann, so betörend, dass du es wieder tun willst und wieder und immer wieder. Es mag wohl auch tröstlich sein, und nicht nur für den Hilfsbedürftigen, doch mehr noch ist es eine Herausforderung, durchaus im sportlichen Sinne des Wortes. Wenn du zum Helfen berufen oder eben ermächtigt bist, ist es tröstlich und herausfordernd, jemandem zu begegnen, dem es schlechter geht als dir selbst, am besten viel schlechter. Augenblicklich durchströmt dich warm ein Gefühlsgebräu, dessen Hauptbestandteile Mitleid und Tatendrang sind – und Verachtung, eine Überlegenheit heischende Verachtung, für die sich mancher, ob nun Profi- oder nur Laienhelfer, heimlich auch noch selbst verachtet. Als Profihelfer, etwa bei Ärzte ohne Grenzen oder CARE International, begegnen dir jene Kranken, mit denen andere, die Familie oder der Dorfälteste oder ein Wunderheiler, längst fertig sind, jene, denen die nicht mehr helfen konnten – oder wollten. Und falls diese aussichtslosen Fälle unsere Profihilfe dann überlebt haben, vorläufig zumindest, bleiben sie womöglich weiterhin, aber sicher weniger krank, bestenfalls bloß noch überlebenskrank. Denn Gesundheit, vollkommene, gänzlich beschwerdefreie Gesundheit, die gibt es nicht, schon gar nicht im Gesundheitswesen.

Gesundheitswesen, wieder so ein blödsinniger Begriff! Was, zum Henker, soll das sein, ein *Gesundheitswesen*? Lebewesen, ja, die kennen wir. Aber Gesundheitswesen? Wie hab ich mir die vorzustellen?!

Immerhin, die Kranken, zur Not auch die Überlebenskranken, bieten dir, Schwester, Pfleger, Arzt, das Größte und Großartigste, meinetwegen Geilste von allem: die Macht, zu helfen, die Hilfsmacht also, und eine noch mächtigere, mitunter sogar übermächtige Macht, die, Respekt zu erfahren – und Bewunderung, rückhaltlose Bewunderung, von allen Seiten.

Doch riskant, erregend riskant, ist die Helferei trotzdem. Du stehst mit einem Bein im Misserfolg, denn oftmals sind deine Bemühungen am Ende vergebens, was dir aber nicht immer vergeben wird, nicht einmal von dir selbst. Dafür, zum Ausgleich gewissermaßen, stehst du mit dem anderen, dem goldenen Bein, bei mir war es das linke, in so etwas wie irdischer Heiligkeit. Die, denen du helfen, deren

Schmerzen du also tatsächlich lindern konntest, und erst recht jene Ausnahmepatienten, die dann gar nichts mehr spüren, jedenfalls keine Schmerzen oder zumindest nicht die ursprünglichen physischen, werden dich verehren, ja, lieben, wenn du Glück hast – oder Pech. – Und keine Sorge, die sorgen schon dafür, dass weitere Hilfsbedürftige dich und deine Fähigkeiten auf die Probe stellen wollen. Das kostet Kraft und bringt, zumeist, nicht viel ein, pekuniär gesehen sowieso nicht. Und da sie nicht gestorben sind, lassen sie auch dich nicht umkommen, diese Armen und Ärmsten, die erst recht nicht. Nicht ewig, doch erstaunlich langlebig ist die Dankbarkeit und bärenstark die Hoffnung, die bekanntlich zuletzt stirbt.

»Die Hoffnung stirbt zuletzt, aber sie stirbt.« Diesen entwaffnend nüchternen Satz hat auf der geschlossenen Frauenpsychiatrie des Klinikums Berlin-Herzberge, meiner Lieblingsstation während der Ausbildung, die immer ein bisschen nach Kräuterlikör duftende Oberschwester Elisabeth mal gesagt, als sie uns drei Lernschwestern, Susanne, Monika und mich, bei dem Versuch ertappte, eine stuprös depressive Patientin zum Lachen zu bringen.

Das Bedürfnis, dem Artgenossen beizustehen, das wir mit vielen Tieren teilen, selbst so niederen und unsympathischen wie Wespen oder Ameisen, nannten und nennen neunmalkluge Schwachköpfe *Helfersyndrom*, als sei das eine multiple, entsprechend komplizierte Krankheit, eine Psycho-Seuche, die nur Exemplare unserer Gattung befällt. Warum zum Henker soll es krank sein, den Mitmenschen gesund sehen zu wollen – oder tot, falls Heilung nicht möglich ist? Und was würde aus der Welt, wenn alle auf dem Gebiet der Medizin Tätigen plötzlich kuriert wären von diesem angeblichen Helfersyndrom, wenn sie es unwiederbringlich verloren hätten?! Katastrophaleres als jede Katastrophe spielte sich ab in den Städten und Dörfern, den Wäldern, Steppen, Wüsten sämtlicher Länder unseres verkommenen Planeten.

Ich würde, im Fall der Fälle, das Totsein, das mir eh demnächst mal blüht, dem Kranksein vorziehen; ich meine das echte, schwere Kranksein, das Dahinsiechen unter Qualen, das Dem-Grab-entgegen-Leiden. Tot ist besser als krank, zumindest für den, der krank war; weniger freilich für die Weiterlebenden, jene, die dem *Verschiedenen* nahestanden, na, eher nahesaßen, um dessen letztes Lager herum, in einer Klinik oder einem Altersheim oder zu Hause – am Rand des Gummilakens, das die eine, genauer seine, Ehebetthälfte schützen sollte gegen all die Ausscheidungen und sonstigen Körpersäfte, die er, kurz bevor er abtreten durfte, ja nun gar nicht mehr unter Kontrolle hatte. Diese Hinterbliebenen grämen sich dann fast so sehr wie der Todkranke sich grämte, ehe es ihm gelang, dem Schwerkranksein, das kein Hiersein mehr war und noch kein Wegsein, zu entfliehen.

Wem eignet schon die Größe, »dem schmerzlich vermissten Angehörigen«, wie die Grabredner ihn nennen, dessen hart erkämpftes Ende, das dann in den Trauerannoncen zur »Erlösung« veredelt wird, einfach zu gönnen, meinetwegen von ganzem Herzen. Womöglich wurde und wird der eine oder andere ja geliebt, selbst im finalen Stadium und über seinen Tod hinaus; doch Liebe allein, da sind wir Profis uns einig, hilft einem Menschen, der, wie Schwester Elisabeth es ausdrückte, »mit Charon unterwegs ist«, kaum. So jemand braucht Pflege, gerne auch liebevolle, aber die eher emotionslose, gelernte und beherrschte Fachkrankenpflege, die ist das, was ihm wirklich nottut.

Grübelnd, ohne auf ihre Umgebung zu achten, ist Asta die Glasfront entlanggeschlendert, doch nun fasst sie den großen Edeka-Markt ins Auge, der sich an der linken Ecke des Terminals I befindet. Na, super, denkt sie, ein Supermarkt. Klar, warum sollte es dergleichen mittlerweile nicht auch in Deutschland geben und sogar hier, an diesem Flughafen. Sie äugt durch die Scheibe, nimmt einen tiefen Zug aus ihrer Zigarette und fragt sich, ob es sie noch nach irgendetwas anderem als Nikotin gelüstet, etwas Essbarem und typisch Deutschem vielleicht. Wonach könnte ihr der Sinn stehen? Welche Delikatessen hat sie vermisst, jedenfalls lange nicht gegessen? Gutsleberwurst, denkt Asta amüsiert. Was, Himmel, Arsch und Zwirn, ist eine Gutsleber, eine verwurstete? Dabei weiß sie, dass es sich bei Gutsleberwurst einfach um Leberwurst nach Gutsherrenart handelt, liegt nur schon wieder im Clinch mit ihrer Muttersprache, die sie sehr wohl beherrscht. Wer wen eigentlich? Trotzdem hadert sie weiter mit all diesen Wörtern, von denen sie, seit sie ins Land der und des Deutschen zurückgekehrt ist, noch kein einziges über die Lippen gebracht hat. Aber selbst unausgesprochen und sogar unerhört klingen ihr deutsche Wörter immer wieder oder immer noch seltsam fremd in den Ohren, speziell die zusammengesetzten, vielmehr zusammengezurrten, Substantive, aus denen sich in dieser Sprache meterlange Girlanden winden lassen: Gutsleberwursterstkonsumentenbefragungsbögenauswertungsanalyseschlüsselbereitstellungsersuchen …

O doch, Asta erinnert sich ziemlich genau an Konsistenz, Geruch und Geschmack von Gutsleberwurst, die zu DDR-Zeiten ihre Lieblingswurst gewesen war. Weich, sagt sie sich, Gutslebeberwurst ist weich; man kann sie schön dick auf eine Scheibe Brot streichen, denn sie besteht größtenteils aus einer Farce. *Farce*, das ist Französisch. Als Farce bezeichnet man aber auch ein derbes Theaterstück, ein Spektakel. Wahrscheinlich, weil die in einem solchen Stück Dargestellten *veräppelt, auf die Schippe genommen* oder eben *durch den Wolf gedreht* werden, nur symbolisch, versteht sich. Wolf? Warum nennen die Deutschen ein Faschiergerät Wolf? Sieht das Feinzerkleinerte, Fleisch und Leber – oder womöglich doch Gutsherren –, etwa aus wie der Mageninhalt eines Wolfs? Wie Rotkäppchen und dessen Großmutter? Dabei sind die dem Bauch des toten Wolfs ja märchenhafterweise vollkommen ganz und lebendig entstiegen. – *Spektakel*? Richtig, Speck ist auch noch drin, Speck in Streifen oder Würfeln, nicht im Spektakel, nicht im Märchen, aber in der Gutsleberwurst, große Speck- und kleine Leberstücke, Kalbs-, Rinds-, Schweins- oder Geflügelleberstücke; und die finden nicht auf einer Bühne statt, sondern auf der Zunge. Die Wurstfarce wird in Därme gepresst und geräuchert; Gutsleberwurst riecht gut und schmeckt gut, nach Rauch, Majoran, Thymian, Muskatblüte und ein bisschen auch nach Leber.

Hätte ich Hunger und Euros, vielleicht würde ich hineingehen in diesen Airport-Supermarkt und mir etwas kaufen, Gutsleberwurst oder sonst was, es dann kosten und auf die Art, mit der Zunge eben, versuchen, hier noch mal *Fuß zu fassen*, so akrobatisch das nun wieder klingt. Aber ich habe keinen Hunger. Das Hungergefühl vergeht dir beim Schindern bis zum Umfallen im Dienst an lauter Halbverhungerten. Appetit wenigstens? Auch den verlierst du über dem Krankenessen, das unser aller Essen war und immer gleich fad schmeckte, selbst wenn es mal nicht aus Kokosfett-, Maismehl- und Corned-Beef-Spenden bestand.

Einigen meiner Kollegen war Essengehen ja das liebste Hobby. Kaum hatten sie zwei, drei Stunden frei, schon schlüpften sie in zivile Kluft und durchstreiften auf der Suche nach einem Restaurant oder zumindest einer »tollen Imbissbude«, wie sie die kulinarisch weniger ergiebigen Locations nannten, die Gegenden, in denen unsere ambulanten Hospitäler jeweils campierten. Diese Neighborhoods konnten so zerstört, öde und gefährlich sein, wie sie wollten. Anton, Beate, Clarisse, Herr Doktor Duraty und Frau Doktor Nieswandt hielten solche, meist auch noch sauteuren, »Oasen der Völlerei«, die außerdem mit Alkoholika handelten, geschmuggelten oder schwarzgebrannten, tatsächlich für »Geheimtipps«, obwohl die in der Regel gar nicht konspirativ waren, sondern geradezu populär. An derlei Orten verkehrten ja nicht nur unsere Leute; auch Katastrophenparasiten aller möglichen Sparten gingen dort aus und ein, Söldner, Spione, Reporter, Pharmavertreter, Dealer, Plünderer, Prostituierte und dubiose Geschäftemacher, die gegen Cash organisierten, was der Fremde begehrte: Schnaps, Zigarren, Waffen, Antiquitäten, Schrottautos, gefakte Markenklamotten, Lippenstifte …

Wozu brauche ich Euros; ich könnte doch sicher mit Plastikgeld bezahlen. Sicher? So sicher ist das nicht, schon gar nicht bei kleineren Beträgen. Ich zücke für *'n Appel und 'n Ei* meine Kreditkarte, und die Kassiererin mault. Dann müsste ich ja wohl etwas erwidern, *das Wort richten*, selbst wenn es nichts verbrochen haben sollte, an diese Frau da, die, während sie einscannt, was das Laufband ihr zuschiebt, manchmal kurz den Kopf hebt, sich ihren langen blau-grüngesträhnten Pony aus der Stirn pustet und dabei betont ernst in die Luft schaut – und deshalb und vielleicht noch ihres weißen Kittels wegen Tamara ähnelt. Tamara, dem altklugen, unter dem obligatorischen Schwesternkittel immer so farbenfroh gekleideten Hippiekind einer Hamburger Reederstochter, die, wie Tamara sagte, »auch nie wirklich erwachsen wurde, nicht einmal als alte Schachtel«, und eines »früh erröteten Kleinunternehmersohns aus Ostwestfalen«. Sie verdanke, nein, schulde, so Tamaras absolut schlüssige Schlussfolgerung, ihren Namen Papis Schwärmerei für die Kubanische Revolution und besonders für Che Guevaras Mitstreiterin Tamara Bunke.

Tamara Schröder, die Fachkrankenschwester für Neurologie und Psychiatrie, deren unermüdlicher Eifer womöglich tatsächlich von einem Helfersyndrom herrührte … Außer den Kollegen, die mich ebenso wenig leiden konnten, mochten sie alle, besonders unsere jungen Patienten, und nicht nur, weil sie, je nach Laune mal blaues, mal grünes, mal violettes, mal orangerotes Haar hatte, sondern auch einen großen, bunten Vogel, genauer zwei, einen sinnbildlichen und einen echten, Castro, den Amazonaspapagei, der aber nicht sprach, kein Wort, weder auf Englisch noch auf Deutsch. Tamara fand einfach nicht die Zeit, sich intensiv mit ihm zu beschäftigen, doch er begleitete sie, bis die Gefahr der Vogelgrippe über uns schwebte, sogar zur Arbeit.

War Tamara eine Art unfreiwilliger Clown oder eher ein weiblicher Buster Keaton? Tamara mit dem schrillen Schopf und dem Pokerface; wiewohl sie immer wieder abstritt, dass sie sich ein wenig, na, eher ziemlich stark, mit ihr identifizierte, wusste sie bestens Bescheid über die deutschstämmige Argentinierin Haydée Tamara Bunke Bíder alias Tania la Guerrillera. Und wenn Tamara zum x-ten Male stundenlang von Tamara redete, ach was, über sie dozierte, war einem nie ganz klar, ob sie Tamara Bunkes Geschichte erzählte oder eine, die sie sich irgendwie zu eigen gemacht hatte.

Ihr Vater war Sportlehrer, ihre Mutter, eine ukrainische Jüdin, ebenfalls Lehrerin; und beide waren sie glühende Kommunisten, die 1935 aus Deutschland emigrieren mussten und ihr argentinisches Exil erst 1952 wieder verließen. Aber aus Überzeugung gingen sie nicht in den Westen Deutschlands, sondern mit Olaf, dem Erstgeborenen, von dem man nur weiß, dass er später Mathematiker wurde, und Tochter Tamara, die am 19. November 1937 in Buenos Aires das Licht der Welt erblickt hatte, richtiger die Welt das ihre, in die DDR, zunächst nach Stalinstadt, einer Art architektonischem Versuchslabor für lebende Industriearbeiter, das später, als Stalin seiner Verbrechen wegen vom Sockel gestürzt war, in Eisenhüttenstadt umbenannt wurde.

Obwohl ihre dortige Unterkunft ein unfertiges Neubau-Loch war, das Familie Bunke zudem mit drei Lehrerkolleginnen teilen musste, und sich Klein-Tamara die Welt ja noch kaum angeschaut hatte, übernahm sie beizeiten die marxistisch-leninistische Weltanschauung ihrer Eltern, die sich im Internat und in der Gesellschaft für Sport und Technik, einer paramilitärischen Organisation mit Uniformen und so, weiter festigte. Jeden Tag übte Tamara auf dem Gelände der GST das Schießen und gewann bei Wettkämpfen bald Pokale, die dann daheim, in der Hellerau-Schrankwand, die Marx-, Engels- und Lenin-Bände stützten.

Weil ihnen die miserablen Stalinstädter Wohnverhältnisse aber doch ziemlich zusetzten, bewarben sich Papa und Mama Bunke an dem ehemals preußischen Gymnasium Zum Grauen Kloster. Sie wurden mit Kusshand genommen und zogen um nach Berlin-Mitte. Dort hatten sie einander ja auch kennengelernt, 1933, im Jahr der nationalsozialistischen Machtübernahme, auf die dann jene siebzehn Jahre Emigration gefolgt waren.

In der damaligen Hauptstadt der DDR betrieb das ehrgeizige Mädchen Tamara weiterhin ihren geliebten Schießsport, lernte Akkordeon, Klavier und Gitarre und machte 1956 ihr Abitur, aber nicht am Gymnasium Zum Grauen Kloster, dem Refugium ihrer Eltern, das wäre ihr »zu spießig« gewesen, sondern an der Clara-Zetkin-Oberschule.

1958 begann Tamara an der Berliner Humboldt-Universität ihr Romanistik-Studium; sie gründete, sicher aus Heimweh, die lateinamerikanisch-deutsche Jugendgruppe Ernst Thälmann, begeisterte sich für

Tango und Folkloremusik, beantragte die Aufnahme in die Sozialistische Einheitspartei Deutschlands und, wohl von echter oder eingebildeter Sehnsucht gequält, kurioserweise gleichzeitig auch die Entlassung aus der Staatsbürgerschaft der DDR sowie die Ausreise nach Argentinien.

SED-Mitglied wurde Tamara, doch entlassen erst einmal nicht, weder aus DDR-Staatsbürgerschaft noch nach Argentinien. Aber die guten Kontakte in die alte Heimat und zu anderen Lateinamerikanern, die ebenfalls in der DDR studierten, konnte ihr keiner nehmen. Und die Meldungen, die seit 1957 aus Kuba herüberschwappten, elektrisierten Tamara, steigerten ihren Wunsch, einmal eine echte Revolution zu erleben, ins Obsessive; so etwas, den bewaffneten Aufstand, wollte sie auch für Argentinien oder wenigstens mitkämpfen dürfen, in Kuba.

Und siehe da, 1960, dem Jahr, von dem an sie unter der Nummer 430/60 als Perspektivagentin der Hauptverwaltung Aufklärung des Auslandsgeheimdienstes der DDR geführt wurde, kam ihr der Zufall zu Hilfe, wenn es denn einer war. Ernesto Guevara, damals noch Direktor der Kubanischen Nationalbank, besuchte den sozialistischen Teil Deutschlands, und ausgerechnet die Genossin Bunke wurde seine Dolmetscherin. Aber nur das, betonte Tamara Schröder, die den beiden sicher nicht die Lampe gehalten hatte, denn eine Liebesbeziehung, wie böse Zungen später behaupteten, habe zwischen der Bunke und dem Guevara nie bestanden; doch die Schöne nachhaltig zu beeindrucken und den Revolutionsfloh, den sie ja eh im Ohr hatte, zu mästen, das sei dem charismatischen Landsmann ganz sicher geglückt.

Weil sie nicht nach Argentinien durfte und trotzdem gerne einmal so richtig kämpfen wollte und eben nicht immer nur agitieren, nutzte Tamara die erstbeste Gelegenheit, die sich ihr bot. Anfang Mai 1961, während sie das Kubanische Nationalballett als Dolmetscherin begleitete, fuhr sie mit dem Ensemble per Zug über Dresden nach Prag.

Wenigstens dorthin durften die *DeDeRonis*, wie die Tschechoslowaken die Insassen ihres Nachbarlandes nannten, ja bis zuletzt problemlos reisen.

Tamara und die kubanische Primaballerina schlossen Freundschaft; und schließlich fasste Tamara Mut und vertraute sich der Primaballerina an. Und irgendwie schafften es die beiden jungen Frauen, den Direktor der Prager Staatsoper zu täuschen – oder zu betören. Er ließ der schlanken, durchtrainierten, glutäugigen Tamara, die so perfekt Spanisch sprach, dass er da wohl kaum ein Risiko sah, unter einem Fantasienamen, den Tamara für sich erfunden hatte, ein Ticket ausstellen. Eine böswillige Legende behauptet allerdings, Tamara habe im Flugzeug den Platz einer Tänzerin eingenommen, die während dieser ersten Europa-Reise des Ensembles geflüchtet sei, und eine noch gemeinere, dass sie, um zu erreichen, was sie sich sehnlichst wünschte, in Prag mit einem Sekretär der kubanischen Botschaft geschlafen habe.

Wie auch immer; am 12. Mai 1961 landeten Tamara und die Señoritas vom Ballett in Havanna. Ob das Ministerium für Staatssicherheit der DDR, dessen inoffizielle Mitarbeiterin sie zu der Zeit ja noch war – von der Argentinierin zur Agentin nur ein Schritt, der ihr in der umgekehrten Reihenfolge vermutlich lieber gewesen wäre –, Bescheid gewusst und ein Auge zugedrückt hatte oder ob es sich austricksen ließ, ist bis heute nicht geklärt. Laut einem Vernehmungsprotokoll, das der BND anfertigte, als er Tamaras Führungsoffizier, den 1961 wegen zweier Vergehen, Trunkenheit am Steuer und sexueller Nötigung, übergelaufenen MFS-Oberstleutnant Günter Männel, befragte, war Tamaras Einsatz im NSW, dem nicht sozialistischen Ausland, Argentinien stand auf der Agenda und auch die USA, erst für später geplant. Aber vielleicht war dieser Männel, so kurz vor seinem Verrat, auch schon *verbrannt*, wie es im Agentenjargon heißt, und die jüngste Korrektur am »Perspektivplan der IMS 430/60« ihm darum vorenthalten worden. Tatsache ist, dass es Tamara gelungen war, sich dem Einfluss des MfS zu entziehen. Oder hatte der womöglich doch irgendwie mitgemischt bei der Geschichte?

An der Universität von Havanna nahm Tamara ein Journalistik-Studium auf und dolmetschte weiterhin nebenher, nun allerdings nur noch für die Regierung der siegreichen Revolutionäre. Und gewiss – einmal Geheimdienst, immer Geheimdienst – wurde Tamara vom DGI, dem Kubanischen Ministerium für Staatssicherheit, militärisch-konspirativ geschult. 1962 trat sie der von der Regierung gegründeten revolutionären Volksmiliz bei, verlieh sich den Kampfnamen Tania und trug von da an nur noch Uniform. Ihr DGI-Führungsoffizier Ulises Estrada, der nach ihrem Tod das Buch »Tania. Mit Che im bolivianischen Untergrund« verfasste, eroberte dann tatsächlich Tamaras Herz. »Es war« schreibt Estrada, »eine heimliche, tiefe Liebe, die Jahrzehnte und jede noch so große zeitliche und räumliche Distanz überdauert hat.« Und dafür, dass Tamara alias Tania im Laufe ihres nicht eben langen Lebens einem anderen ihrer Genossen mehr entgegengebracht habe als geschwisterliche Sympathie, fehle jeglicher Beweis.

Sobald ihre Ausbildung zur kubanischen Agentin abgeschlossen war, reiste Tamara mit gefälschten Pässen durch Europa und einmal auch nach Westberlin. Hat sie, ihr bevorstehendes Schicksal ahnend, bei dieser Gelegenheit ein letztes Mal ihre Eltern im Ostberliner Stadtbezirk Friedrichshain besucht? Die jedenfalls haben das nie bestätigt.

1964, gleich im Anschluss an ihre Europa-Tour, entsandte der DGI Tamara nach Bolivien, unter dem Decknamen Laura Gutiérrez Bauer. Sie sollte dort Kontakte zur Oberschicht knüpfen und deren Vertrauen gewinnen, was ihr wohl glänzend gelang; sie war halt hochintelligent und charmant und bildhübsch sowieso. Aber da Tamara, oder nun eben Tania, wenn es um ihren großen Traum, den bewaffneten Kampf, ging, all ihre Kontakte nutzte, auch die privaten, erfuhr sie, dass sich ihr Idol Che Guevara ebenfalls in Bolivien befand und begonnen hatte, den Guerillakrieg vorzubereiten. Also beschloss sie, den DGI, der immer nur auf ihre weiblichen Reize setzte, nicht zu informieren, und ihren Jeanne-d'Arc-Gelüsten endlich einmal zu folgen und eigenmächtig aufzubrechen zu Ches geheimem Stützpunkt, dessen ungefähre Koordinaten sie wohl Ulises entlockt hatte.

Ehe Tamara für immer verschwand, ließ sie am Rande des Dschungels ihren Geländewagen zurück und darin ein dickes Notizbuch voller Informationen. Bolivianische Militärs entdeckten beides, was offenbar Teil ihres Plans war. Am 21. März 1967, dem Tag, an dem die Soldaten Tamaras Jeep fanden, flog ihre Tarnung wie beabsichtigt auf, und der DGI war von nun an um eine Agentin ärmer. Oder doch nicht? Jedenfalls gelang es Tamara, sich mutterseelenallein zu Che und den Seinen durchzuschlagen.

Aber weil sie während des beschwerlichen Tropenwald-Trips krank geworden war und hohes Fieber bekommen hatte, durfte sie nicht gleich weiterziehen mit dem Commandante, der ihre *undisziplinierte Aktion* ohnehin missbilligte, sondern musste auf dessen

Befehl und gegen ihren Willen bei Juan Vitalio Acuña Núñez, genannt Vilo, zurückbleiben.

Diese Nachhut unter Vilo war vom Pech verfolgt; in der feuchten Hitze fielen ihre Funkgeräte aus, sie verlor den Kontakt zu Che und dessen Kameraden. Vilo und Tamara und deren Mitstreiter zogen in einen Kampf, auf den sie noch schlechter vorbereitet waren als auf die Revolution, den Kampf ums nackte Überleben; für Tamara, die sich so darauf gefreut hatte, war es der erste, für alle zusammen wurde es der schwerste und letzte. Ohne Orientierung irrten die versprengten Guerilleros monatelang im Gebiet der östlichen Anden-Abhänge umher. Sie hatten keinen Proviant mehr und kaum noch Munition, nicht genug, um Wild zu jagen. Vom Geschmeiß des Regenwalds wurden sie gebissen und gestochen, und niemals wieder fanden sie den Anschluss an die Hauptgruppe oder konnten wenigstens ihre Funkgeräte reparieren.

Am 31. August 1967 starben Tamara Bunke und Vilo und diejenigen ihrer Genossen, die nicht schon vorher verhungert oder der Malaria zum Opfer gefallen waren, am Rio Grande nahe Puerto Mauricio durch Schüsse aus feindlichem Hinterhalt. Sieben Tage später bargen Fischer zwölf bis zur Unkenntlichkeit entstellte Leichen.

In Tamaras Rucksack steckte, »klein zusammengefaltet«, schreibt Ulises, ein angefangener Brief, der dann tatsächlich irgendwie ihren Eltern zugestellt wurde, sonst hätten wir ja keine Kenntnis von Tamaras letzten Zeilen:

»Liebe Mutter, ich habe Angst. Ich weiß nicht, was aus mir und den anderen werden soll. Wahrscheinlich nichts. Ich weiß nicht, was aus mir werden soll. Wahrscheinlich nichts. Ich versuche mich daran zu erinnern, wie es ist, wenn man Courage hat. Ich bin ein Nichts. Ich bin nicht einmal mehr eine Frau, kein Mädchen, nur noch ein Kind ...«

Ungefähr so, denkt Asta, hat Tamara diese Geschichte immer wieder erzählt, meistens mir und besonders gerne, wenn wir beide Nachtwache schoben. Doch einmal, es war ausnahmsweise völlig ruhig auf unserer onkologischen Kinderstation in Temeswar, die Osterfeiertage nahten und wir tranken Rotwein aus einer Zwei-Liter-Flasche, die mir ein Bauer direkt vom Laster herunter verkauft hatte, endete Tamara Schröders Geschichte nicht mit Tamara Bunkes Ende. An jenem frühen Morgen, die Flasche war schon halb leer, ließ sie eine andere Katze aus dem Sack, ihre eigene.

»Ein paar Jahre lang«, begann Tamara, »war ich keine Krankenschwester, nicht mehr oder noch nicht wieder. Ich habe nämlich mal einen Roman geschrieben und sogar veröffentlicht, der in einigen deutschen Tageszeitungen auch recht gut besprochen wurde. Er handelt von einer Frau, deren Vorbild Tamara Bunke ist und die auch Tamara heißt oder sich selbst so nennt, das habe ich bewusst offengelassen. Jene Tamara, eine Art Groupie der historischen Tamara, glaubt ähnlich innig an die Revolution wie ihr Idol und damals auch ich. Sie versucht, die lethargische Zufriedenheit der Menschen, unter denen sie lebt, zu erschüttern, ihnen die konsumverwöhnte Arschruhe zu nehmen, aber nicht aus einer inneren Notwendigkeit heraus, nein, sie will bloß dem Bild ähneln, das sie sich von Tamara Bunke gemacht hat.«

Ich kenne dieses Buch nicht. Doch jetzt, jetzt hätte ich Gelegenheit und vor allem die Zeit, Tamara Schröders Roman, falls er denn existiert und nicht nur eins ihrer Hirngespinste war, antiquarisch oder sonst wie aufzustöbern und vielleicht sogar zu lesen. Sollte ich mich jetzt tatsächlich mit Dingen beschäftigen, die ich früher nicht interessant genug fand, nur weil ich plötzlich Zeit habe? Wie viel Zeit bleibt mir überhaupt noch?

»Nach dem ersten«, erzählte Tamara weiter, »habe ich mich bemüht, einen zweiten Roman zu schreiben, und irgendwann eingesehen, dass ich es nicht noch mal schaffen würde, dass der einzige Stoff, der mir Worte zu entlocken vermochte, bereits verbraten war. Und dann erst, sozusagen als einzig mögliche Konsequenz aus dieser Blockade, diesem Versagen, oder was das nun gewesen ist, beschloss ich, die Menschheit nicht länger mit Worten wachrütteln zu wollen, sondern ihr zu dienen, sie quasi durch Güte zu beschämen und folglich wieder in meinem erlernten Beruf zu arbeiten. Vielleicht hoffte ich ja, eine Art Gegen-Tamara zu werden, eine Tamara der anderen

Mittel, eine, die sich ihren Idealen auf friedliche Weise nähert, am liebsten natürlich auch in Lateinamerika, wie Tamara Bunke, oder in sonst welchen fernen Krisenregionen, denen ich mich halt mehr verbunden fühlte, als dem verschnarchten Land meiner Herkunft. Dass ich diesen Weg oder Ausweg, wenn du so willst, sehen und beschreiten konnte, das verdanke ich einer Inderin.«

Mit ihrem Roman – wenn ich mich nicht irre, heißt er *Wer sonnt sich in Tamaras Schatten?* – wurde Tamara Schröder auf die Frankfurter Buchmesse beordert, »nur für zwei, drei Pressetermine«, wie sie sagte. »Und am letzten Tag«, erzählte sie, »eigentlich während der letzten Minuten, ich wollte mich gerade von den Verlagsmitarbeitern, die all die Druckerzeugnisse ja wieder einpacken mussten, verabschieden, da kam es zu jener Begegnung, die mein Schicksal nochmals wenden sollte.«

Tamara leerte ihr Glas, ich füllte es wieder, und dann legte sie richtig los.

»Als dieser große, grau gelockte Kerl, er war, glaube ich, Programmchef der Buchmesse, in die Halle kam, wirke er erst einmal ziemlich sympathisch, ähnelte so gar nicht den üblichen Kulturmanagern, eher einem vorschnell gealterten, leicht verfetteten Hobbyrocker, der seine eigentliche Arbeit, den Spitzenjob bei der

Messe-Leitung, nicht besonders liebt, aber mit Ehrgeiz betreibt und sich deshalb ab und an eben auch in einen Armani-Anzug zwängt.

›Ach, was bin ich froh, Frau Schröder, wenigstens Sie noch hier zu treffen!‹, rief der Kerl und wackelte mir, seine Arme ausbreitend, wie ein Albatros die Schwingen, entgegen. ›Die indischen Schriftsteller‹, sagte er, ›deren Land ja diesmal das Gastland unserer Messe war, haben sich bitter beklagt, gerade eben und bei mir, denn ich habe, wie Ihnen möglicherweise bekannt ist, bis voriges Jahr beim Auswärtigen Amt der Bundesrepublik in New Delhi gearbeitet. Unsere indischen Freunde fühlten sich vernachlässigt, meinten, es hätte nicht den geringsten Kontakt zu anderen oder gar deutschen Kollegen gegeben und kaum Verständnis für ihre Bedürfnisse. Nur einmal wären sie in einem Panorama-Bus durch Frankfurt gefahren und vom Börsenverein des Deutschen Buchhandels zum Dinner eingeladen worden. Und darum, liebe, verehrte Frau Schröder, Sie wunderbar engagiertes junges Talent, bemühe ich mich nun, eine Zusammenkunft zu organisieren, ein kleines, formloses Meeting mit einigen der indischen Gäste; ihrer sieben sind ja noch hier. Jeder von euch liest auf Englisch zwei, drei Seiten aus seinem Werk vor, was ich, falls jemand das nicht selbst tun mag, gerne übernehme. Und dann unterhalten wir uns. Ich moderiere. Von Ihnen ist, denke ich, noch nichts in englischer Sprache erschienen?! Nun, das dürfte unser geringstes Problem sein. Wir lassen schnell etwas übersetzen. Wenn nötig, mache ich es, und sollte ich mir dafür die halbe Nacht um die Ohren schlagen müssen. Bitte, sagen Sie spontan zu. Das wäre echt großartig. Es wird auch nicht lange dauern. Wir besorgen Ihnen ein nettes Hotelzimmer. Jetzt ist hier ja wieder überall Platz. Und ein Honorärchen gibt es obendrein …‹

In dem Stil und Tempo redete er auf mich ein und merkte gar nicht, dass ich schon geneigt war, Ja zu sagen. Denn irgendwie verstand ich den Unmut der Inder; um mich hatte man sich ja auch nicht gerade gerissen, und die indische Literatur kannte ich ebenso wenig wie dies Land, in dem es so viele schöne, unglückliche Frauen gibt. Einige Fotografien solcher Inderinnen in prächtigen Saris, aber mit traurigen Augen, hatte ich bereits gesehen, als ich am Tresen eines exklusiven Kunstdruckverlages einen drei Kilo schweren Bildband durchblätterte. Und irgendwann früher hatte ich mal einige Märchen gelesen, ob nun originär indische oder ganz allgemein orientalische, das weiß ich beim besten Willen nicht mehr. Kurz, meine Neugier war geweckt; ich nickte stürmisch. Da schloss der Messe-Mann den Mund und mich in seine starken Arme, nur für ein paar Sekunden, doch mir kamen sie vor wie die Ewigkeit.

Eine kleine, schlichte Erzählung, die leicht zu übersetzen wäre, trug ich mehr oder weniger zufällig bei mir. Der Stoff für diese Erzählung war die Lebensgeschichte der Großmutter eines Mädchens, mit dem ich in Lübeck zur Schule gegangen bin, eine von den Geschichten, die man nicht vergisst. Und eben diese Geschichte, die übrigens niemals erschienen ist, hatte ich, zur Shortstory verdichtet, zwei, drei Monate vor Beginn der Buchmesse niedergeschrieben und immerhin schon mal von meinem Lektor begutachten lassen, gerade so, als hätte ich geahnt, dass sie demnächst für irgendetwas gut sein könnte.

Die Heldin der Geschichte – ich habe sie, wie alles andere Unveröffentlichte aus meiner Feder, so sagt man doch, auch wenn keiner mehr mit Federn schreibt – eines Tages weggeworfen; aber vielleicht liegt sie ja, zumindest in der englischen Fassung, noch irgendwo herum.

Also, die Heldin dieser in meiner Version nicht mehr existenten Geschichte war eine einfache, arbeitsame Frau, eine Flickschneiderin, die bei mir nur die *Nähmaschinistin* hieß und ansonsten namenlos blieb. Meine Nähmaschinistin träumte, nicht anders als die Oma der Schulfreundin, ihr Leben lang davon, einmal mit dem Zug zu fahren, nur ein einziges Mal, aber dann so weit weg wie möglich. Schließlich, sie hatte für ihre Reise jeden irgendwie entbehrlichen Pfennig beiseitegelegt, kaufte sich die Frau zu ihrem siebzigsten Geburtstag ein Billett und nahm einen Zug, dessen Ziel ein sehr fernes war – und ihr völlig egal, denn: Der Weg ist das Ziel.

Doch die Fahrt, der allein sie entgegengefiebert hatte, wurde, wie sie allzu bald spürte, nicht das erhoffte wundervolle Erlebnis. Und nun, da das Glücksgefühl ausblieb, begriff sie: Die Realität hatte keine Chance gegen ihre immer nur noch größer gewordene Sehnsucht, so wenig wie eine echte Mango, und sei es die reifste, saftigste, süßeste der Welt, sich messen kann mit der Vorstellung, die jemand bezüglich ihres Aromas hegte, ehe sein Wunsch, einmal eine solche Frucht zu kosten, in Erfüllung ging.

Meine Geschichte endete damit, dass die alte Nähmaschinistin tief enttäuscht aufstand und ausstieg, auf freier Strecke, in einer Kurve, bei etwa dreißig Stundenkilometern.

Wird schon halbwegs gemütlich über die Bühne gehen, diese Buchmesseverlängerung, dachte ich und lief los Richtung Steigenberger-Hotel, in dem dieser Programmchef, oder was immer er war, offenbar bereits vor meinem Ja nicht nur den Indern, sondern auch mir ein Zimmer gebucht und für ein erstes Abendessen mit allen Teilnehmern einen Tisch reserviert hatte. Die indischen Kollegen, dachte ich, werden einige vegetarische Häppchen speisen und sich dann zurückziehen, zum Gebet oder zur Meditation.

Doch so kam es ganz und gar nicht. Die Inder, zwei Frauen, eine dicke, große und eine kleinere, fadendünne, und fünf kräftige Männer, futterten, als müssten sie, gerade sie, die Schriftsteller, allen Gästen und Kellnern dieses schicken Restaurants beweisen, dass viele Menschen in ihrem Land unterernährt und sehr, sehr hungrig sind. Sie bestellten Lachs und Gulaschsuppe und Wiener Schnitzel, dann noch Schokoladentorte mit Espresso und anschließend Sodawasser und dazu jede Menge besten Scotch, von dem sie auch je eine Flasche in ihrem Zimmer vorzufinden wünschten. Und unser Gastgeber ließ auftischen wie bei einer Hochzeit. Es wurde später und später, und ich, die ich damals eh noch nicht besonders gut Englisch konnte, verstand das indische Englisch, das nun wirklich seltsam klingt, überhaupt nicht. Ich war hundemüde; doch die indischen Männer, die Frauen hatten sich klammheimlich entfernt, wurden immer munterer. Und wenn sich einer von ihnen erhob, wahrscheinlich um zum Klo zu gehen, steckten die anderen die Köpfe zusammen. Es sah so aus und hörte sich so an, als würden sie über diesen kurz mal Abwesenden lästern, aber nicht auf Englisch, sondern in einer Mundart, die vielleicht Hindi war. Nein, diese Inder gefielen mir nicht; und den als Mr Armani verkleideten Hobbyrocker, der all das mit einem gottergebenen Grinsen quittierte und ganz zuletzt die Riesenrechnung mit seinem Montblanc-Füllfederhalter, den mochte ich auch nicht mehr.

Am nächsten Morgen, nach einem hastigen gemeinsamen Frühstück, trafen wir uns wie verabredet gegen zehn Uhr im siebenten Stock des Holiday-Inn-Hotels nahe dem Frankfurter Hauptbahnhof. Der Messe-Mann, der sich zum Moderator ernannt hatte, und ich, wir waren die Ersten, also pünktlich, aber bald kamen auch die anderen angekleckert.

Die dicke Inderin, die, wie unser Moderator verkündete, schon über fünfzig Romane verfasst hatte, trug ein feines tintenblaues Wollkostüm und an ihren weichen, bemerkenswert langen, womöglich vom Gewicht des Schmucks ausgeleierten Ohrläppchen riesige, doppelte Goldkreolen. Um die dünne Inderin mit dem roten Bindi auf der Stirn, die wohl etwas älter war als die dicke, schlotterte ein traditionelles, mit Paisley-Mustern besticktes, blaugrün wie der Chitin-Panzer eines Mistkäfers schillerndes Gewand, eine Art Abendkleid, nur formloser und wadenlang. Sie, sagte unser Moderator, lebe in Bombay, sei eine erfolgreiche Prosa-Autorin und Dramatikerin und zudem außerordentlich mutig, streitbar und politisch engagiert. Dann stellte er mich vor und dann die fünf Männer, die, vielleicht, weil sie jetzt erst an die Reihe kamen, etwas gekränkt dreinschauten. Er pries sie, das zu verstehen reichte mein Englisch, als in Indien bestens bekannte Schriftsteller, von denen bisher, *unbegreiflicherweise,* wie er betonte, kaum etwas auf Deutsch erschienen sei. Und am Ende seiner Begrüßungsansprache bedauerte er noch, dass er, abgesehen von mir, keine weiteren deutschsprachigen Kollegen mehr habe gewinnen können, denn gestern, als er versucht habe, im buchstäblich letzten Moment diese Runde zusammenzutrommeln, seien die fast alle schon nach Hause unterwegs gewesen.

Den eh auf Englisch geschriebenen oder ins Englische übersetzten Prosatextproben und Gedichten der Inder, die zumeist unser Moderator verlas, konnte ich, weil ich zu wenig verstand und weil ich sie, arrogant wie ich damals noch war, ziemlich blumig oder auch nur belanglos fand, kaum folgen, erst recht nicht der Diskussion, die bald zu einem hitzigen Streit mutierte. Immer öfter fielen die beiden Frauen und die fünf Männer aus dem vereinbarten Englisch ins Hindi oder sonst eine Regionalsprache, und selbst unser indienerfahrener Moderator verlor komplett den Faden. Die Männer, genauer vier dieser Männer, waren sich untereinander ganz und gar nicht einig, in keinem Punkt. Von den zwei Kolleginnen aber wurden sie regelrecht attackiert, ja, boykottiert. Schließlich gelang es nicht mal mehr dem bärtigen, greisen Sikh, dessen vermutlich noch nie gekürztes Haar ein mächtiger gelber Turban verbarg und der sich um Sachlichkeit und Ruhe bemühte, auch nur einen Satz zu Ende zu sprechen; die eine oder die andere der Inderinnen schnitt ihm das Wort ab, oft nicht einmal ihrerseits verbal, sondern nur, indem sie loslachte, die Dünne schrill, die Dicke dumpf dröhnend wie eine Kesselpauke. Dabei schien das, was dieser oder jener der Herren hatte sagen wollen, nicht der Grund für die Heiterkeit der Frauen zu sein, die ja wohl auch etwas anderes war, Abwehrspott, denke ich, oder blanke Verachtung.

Apropos blank, es kam der Moment, in dem das völlig Unerwartete, das Ungeheuerliche, mich tief Beeindruckende geschah. Die dünne Inderin sprang auf, wandte der ganzen Versammlung den Rücken zu, hob ihr Kleid, unter dem sie kein Höschen trug, und wackelte wie eine Ente mit ihrem schmalen, noch bemerkenswert knackigen Hintern. Nach höchstens zwanzig Sekunden ließ sie den Saum des Kleides wieder fallen, machte eine militärisch anmutende Kehrtwendung, nahm Platz und lächelte, als wäre nichts geschehen.

Zur Männerfraktion gehörte so ein Kompakter, fast Quadratischer mit viel zu kurzen Hosenbeinen, der verdächtig still war und nach Möglichkeit jeden Blickkontakt mied; nur mich beäugte er gelegentlich, immer dann, wenn er meinte, ich würde es nicht registrieren. Und gerade seinetwegen eskalierte die Situation. Zwischen den beiden Frauen brach, so jedenfalls habe ich es interpretiert, ein Wettkampf im Schockieren ihrer Kollegen aus. Die Show der Dünnen, also deren wortloser, aber grundsätzlich missbilligender Kommentar zum gesamten bisherigen Disput, war kaum beendet, da griff die dicke, goldgeschmückte Bestseller-Autorin, die, das werde ich nie vergessen, Shamim hieß, zum Wasserglas des schüchternen Dichters, ja, sie riss es regelrecht an sich, trank es in einem Zug leer und knallte es schwungvoll zurück auf den Tisch.

Nun herrschte erst einmal Stille. Die Männer erstarrten und schauten maßlos entgeistert; und einem von ihnen, einem smarten, glatt rasierten Kerl in einem gebügelten, hellen Leinenjackett, wuchs, es ging derart schnell, dass man dabei zusehen konnte, ein Flatschen Herpesbläschen an der Oberlippe. Auch ich, obwohl ich nicht gleich kapierte, was eigentlich los war, machte tellerrunde Augen, doch eher vor Begeisterung. Diese beiden Inderinnen, dachte ich, sind wahre Feministinnen, grimmige, kühne Kämpferinnen, während die bei uns bloß noch um den konsequenten Gebrauch weiblicher Substantivendungen ringen.

In der Pause, die er nun wohl für nötig hielt, steckte mir unser Moderator, dieser Messe-Mensch, dessen Name mir ebenso entfallen ist wie – bis auf den einen – die Namen von allen, mit denen ich dort zusammengehockt hatte, dass der scheue Kompakte ein Unberührbarer sei, ein Paria; sie selbst würden sich Dalits nennen, was nach einem Sanskrit-Wort in etwa ›die Niedergetretenen‹ bedeute. Darum sei die Provokation, zu der Shamim sich habe hinreißen lassen, nicht nur ein gewaltiger Tabubruch für jeden Inder, sondern außerdem eine Beleidigung für diesen Dalit-Poeten. Sie, Shamim, die übrigens der zweithöchsten Kaste der Kshatriya angehöre, habe ihn instrumentalisiert, quasi missbraucht; ›ich weiß aber nicht, wofür oder wogegen‹, fügte er hinzu.

Uns wurden Kaffee, Tee und Kekse serviert, doch weder Whiskey noch Wein, obgleich die Inder, so jedenfalls deutete ich deren Gesten, eines alkoholischen Beruhigungsmittels durchaus bedurft hätten; und auch der Hobbyrocker missbilligte, dass man derlei nicht mal auf eigene Rechnung ordern konnte.

Schließlich war die halbstündige Pause vorbei und ich dran. Unser Moderator hatte meine kleine Erzählung, wie er verlegen, aber stolz erklärte, tatsächlich selbst ins Englische gebracht. Er war kaum fertig mit dem Vorlesen, da geschah wieder etwas total Überraschendes. Die beiden Frauen erhoben sich und applaudierten, während sämtliche Männer außer dem Moderator keine Hand rührend sitzen blieben. Von den Wörtern, die Shamim, weiterhin stehend und mit flackerndem, vielleicht ins Nirwana gerichtetem Blick, ausspie wie eine Feuerfontäne, verstand ich nur ›Singer sewing machine‹ und ›very importantly for Indian woman‹.

Die Geschichte, die Shamim zu dieser flammenden Rede angestiftet habe, sagte ich zum Moderator, sei ja nun immerhin auf meinem Mist gewachsen. Darum würde ich diesmal um eine vollständige, sinngenaue Übersetzung bitten und, wenn möglich, auch um ein paar erhellende Erläuterungen.

Den Gefallen tat er mir: In Indien gelte die Singer,

wie sie fast zärtlich genannt werde, als *das* Symbol für die Befreiung der Frau. Eine Nähmaschine sei der Wunschtraum vieler armer Inderinnen, weil sie von dem Geld, das selbst gefertigte Steppdecken, Taschen, Röcke und Hosen einbrächten, sich und ihre Kinder ernähren könnten. Das Schicksal der Heldin meiner Shortstory, finde Shamim, würde manche Inderin mit Kusshand gegen das eigene eintauschen, nur wäre die niemals so töricht, ihr sauer verdientes Geld zu einem Zugfenster hinauszuwerfen. Dennoch sei sie sicher, dass jede der verzweifelten Frauen in ihrem Land diese Geschichte verstünde, auch den Wunsch, weit weg zu fahren. Und darum, und falls sie es schaffe, die Rupien, die so ein Flug kostet, aufzutreiben, wolle sie Miss Schröder, also mich, nach Kalkutta einladen.

Ihr Lob freute mich von Herzen. Gern würde ich die Millionenstadt Kalkutta einmal besuchen, erwiderte ich und schob Shamim meine Visitenkarte über den Tisch.

Das Gespräch zwischen den Indern, die sich während der Pause auch ohne Whiskey irgendwie gefangen hatten, plätscherte dann nur noch so dahin; die Luft war raus, vielleicht auch, weil die beiden Frauen ihre Landsleute nun wie solche behandelten. Und endlich bedankte sich unser Moderator – jetzt wieder ganz offiziell im Namen aller Organisatoren, Aussteller und Gäste der diesjährigen Buchmesse – und bat seine ›lieben indischen Freunde‹ zu einem abschließenden Abendessen in den Frankfurter Hof. Doch die, um derentwillen er dies Treffen ja organisiert hatte, dankten *ihm* mit keinem Wort, bedeuteten nur huldvoll lächelnd ihr Einverständnis, sich nochmals bewirten zu lassen.

An diesem letzten Dinner nahm ich nicht mehr teil, obwohl vermutlich keiner etwas dagegen gehabt und ich gerne einmal direkt mit den beiden Inderinnen gesprochen hätte, allein, so von Frau zu Frauen; aber für eine richtige Unterhaltung war mein Englisch damals einfach noch nicht gut genug.

Vollkommen erledigt vom stundenlangen angestrengten Hinhören, wankte ich zurück zu dem Steigenberger-Hotel, streifte meine Pumps ab, legte mich aufs Bett und schlief sofort ein.

Morgens, nach einem üppigen, glücklicherweise einsamen Frühstück, ging ich hinüber zum Bahnhof und kaufte mir eine Fahrkarte.

Als der Zehn-Uhr-Zug gen Norden dann um vierzig Minuten verspätet losfuhr, fühlte ich mich vollkommen leer, leer wie das Abteil, in dem ich saß, leer wie die alte Nähmaschinistin im letzten Kapitel meiner Geschichte.

Eines Tages Mitte März des folgenden Jahres, des Jahres 1987, ich hatte jenes Meeting in Frankfurt schon fast vergessen, nahm ich an meiner Wohnungstür ein Einschreiben entgegen, ein mit vielen hübschen Marken beklebtes Kuvert, das ich, weil mich mal wieder übelster Liebeskummer plagte, nicht sogleich aufschlitzte. Erst abends, als ich den Brief umdrehte und sah, dass er von Shamim kam, machte ich mir die Mühe, mithilfe meines Englisch-Wörterbuches die eine Seite per Maschine geschriebener Sätze zu entziffern. Ich solle, bat – nein, forderte – Shamim, ein preiswertes Ticket kaufen, im Mai zu ihnen nach Kalkutta fliegen und vier Tage bleiben, bloß vier Tage, leider. Von dem Geld, das die UNO ihrer Liga for free Indian Women pro Jahr anweise, könne sie eine gewisse Summe abzweigen, die gerade reichen würde, um mir die Kosten eines günstigen Flugs zu erstatten und die fürs Hotel zu begleichen, aber mehr als vier Übernachtungen seien nicht drin. Sie persönlich werde mich am Airport erwarten und alles Weitere veranlassen. Es genüge, wenn ich bei der geplanten Veranstaltung einige Zeilen auf Deutsch vorläse, nur den ersten Absatz meiner Story von der alten Näherin und nur wegen des für Inder so ungewohnten Klangs meiner Sprache. Die ganze Geschichte werde dann sie zu Gehör bringen, entweder in der englischen Fassung oder, falls ihr die Übersetzung gelinge, auf Hindi. Und nach der Lesung wolle sie ein kurzes Gespräch mit mir führen. Sicher, mein Englisch sei nicht besonders, doch es blieben ja noch ein paar Wochen zum Üben. Sie grüße, schrieb Shamim am Ende ihres Briefes, und rechne fest mit meiner Zusage. Und möglichst bald müsse sie meine Ankunftszeit wissen. Ich solle telegrafieren oder anrufen.

Neben Shamims verschnörkeltem Autogramm standen, groß und deutlich, wie von einem Schulkind gemalt, noch eine weitere Adresse, wohl die ihrer Liga, und vier unterschiedliche Telefonnummern.

Ich weiß nicht, was es war, was es mit der dicken Shamim von Anfang an auf sich gehabt hatte. Aber ich sah keine Chance, mich ihren Wünschen, die ja Befehlen gleichkamen, zu entziehen oder gar zu widersetzen. Vier Tage Kalkutta ... Ein Blick in den Atlas genügte, und selbst ich kapierte: Dieser Moloch im äußersten Osten Indiens ist *das* Muttermal am Arsch der Welt. Bis dorthin würde ich eine Ewigkeit in der Luft hängen; und ich flog nicht gerne, und wegen des nun schon seit Monaten anhaltenden Liebeskummers war ich alles andere als unternehmungslustig.

Trotzdem ging ich einen Tag später zu einem Reisebüro im Zentrum von Lübeck, wo ich damals noch lebte, und erfuhr, dass ich, wenn ich die billigste Verbindung, die mit den jeweils drei Zwischenstopps, einem in Frankfurt, einem in Paris und einem in Bombay, für schlappe tausendvierhundert Mark nehmen wolle, keine Ewigkeit brauchen würde, nicht mal eine halbe, o nein, bloß lächerliche zweiundzwanzig Stunden hin und sechsundzwanzig Stunden zurück. Obwohl ich kaum dreitausend Mark auf dem

Konto und Shamim ja geschrieben hatte, dass mir die Flugkosten erstattet würden – nur, wer weiß schon, wann – schlug ich dies Angebot, das, wie die junge Frau am Tresen des Reisebüros schnippisch befand, bei einem derart knapp kalkulierten Budget, alternativlos günstig sei, nicht aus, sondern griff zu und zückte, provoziert vom Gehabe dieser arroganten Tussi, extralässig meine Kreditkarte.

Vielleicht hätte ich, ehe ich das tat, doch in Kalkutta anrufen sollen, denn Shamim überwies mir, allerdings erst ein halbes Jahr nach meiner Rückkehr, gerade mal zwei Drittel der vorgestreckten Summe, weil es, wie sie mir zum Abschied haarklein erläuterte, sehr wohl eine noch günstigere Variante gegeben hätte. Dass ich dann aber insgesamt etwa sechzig Stunden unterwegs gewesen wäre, interessierte sie nicht mehr; die weiße Mohrin hatte ihre Schuldigkeit ja getan …

Knautschkaputt vom nahezu eintägigen, schlaflosen Sitzen auf Mittelplätzen in einem Jumbojet und zwei kleineren Maschinen, der dürftigen Bordverpflegung, dem Warten im schlecht belüfteten Transitbereich und dem Schlangestehen vor der Passkontrolle kam ich an. Schlauerweise war ich nur mit Handgepäck gereist, und glücklicherweise erblickte ich auch gleich Shamim, die hinter der Exit-Schwingtür aus der Menge ragte wie eine Boje aus der Brandung.

Wir umarmten uns nicht, reichten einander bloß die Hände, die feucht waren, oder eher nass, denn die Hitze in der Empfangshalle dieses internationalen Flughafens mit dem merkwürdigen Namen Dum Dum war unerträglich. Auch im Freien war es atemberaubend schwül; doch was heißt im Freien, wir kämpften uns durch ein Menschengewimmel, wie ich nie zuvor eins gesehen hatte, bis Shamim, die diesmal einen himmelblauen Seidensari zu ihren Goldkreolen trug, mich samt meinem Rollköfferchen auf die Rückbank eines schrottreifen Mercedes-Taxis bugsierte und selbst neben dem Chauffeur Platz nahm.

Nach etwa zwei Stunden Fahrt im Schritttempo zwischen ununterbrochen, aber völlig sinnlos hupenden Autos, vorbei an Kühen und Schafen, windschiefen Hütten, diverse Dinge über dem Kopf balancierenden Fußgängern und auf dem Trottoir sitzenden oder gar liegenden Frauen, Männern, Kindern, näherten wir uns wohl der eigentlichen Stadt, denn am Horizont, hinter einem breiten Gürtel von Leuchtschriften, Werbeplakaten, Modegeschäften, Supermärkten, Garküchen, Bretterbuden und Warenstapeln links und rechts der Straße, ragten hohe, steinerne Gebäude aus dem Dunst. Bald, sehr bald, glaubte ich, würden wir das Hotel erreichen, in dem Shamim mir ein hoffentlich klimatisiertes Zimmer gebucht hatte. Dort könnte ich zur Besinnung kommen, duschen, schlafen ... Doch wir fuhren und fuhren, wenn wir nicht gerade im Stau feststeckten, weiter und weiter und schlossen, des allgegenwärtigen Gestanks wegen oder weil Shamim Diebe fürchtete, auf ihr Geheiß die Fenster. Die Häuser und Hütten, an denen wir vorüberschlichen, wurden wieder kleiner und schäbiger, die Tiere, nun waren auch Hunde, Ziegen, Hühner und sogar Affen darunter, zahlreicher, die Menschen zerlumpter. Endlich aber hielten wir vor einer Wellblechbaracke, die, von etlichen spärlich belaubten, staubigen Bäumen umgegeben, inmitten eines Slums lag, womöglich dessen Zentrum war.

›Come on! We don't have so much time‹, zischte Shamim und bohrte mir, während wir ausstiegen, zwei bis vier ihrer maniküregepflegten, mit langen, feuerrot lackierten Nägeln bewehrten Wurstfinger ins Kreuz.

Und dann sah ich Bilder, die mich bis heute verfolgen, nachts in einem immer wiederkehrenden Traum, aus dem ich jedes Mal weinend erwache, weil er genau genommen kein Traum ist, sondern ein Trauma, die Erinnerung an das Schlimmste, was ich je vor Augen gehabt habe; und du weißt, unser Job bietet genug Scheußliches. Doch gemessen an dieser Höhle – oder vielmehr Hölle – dort bei Kalkutta ist die von Dante Alighieri besungene Kasperletheater für Krippenkinder.

In jener unerwartet geräumigen, fensterlosen und darum künstlich und nicht besonders hell erleuchteten Wellblechbaracke saßen auf Klappstühlen dicht an dicht zwei-, vielleicht auch dreihundert Frauen mit grauenvoll entstellten Gesichtern, nein, Visagen. Sicher war nicht jede dieser zumeist mageren Gestalten unbestimmbaren Alters gleichermaßen verstümmelt, doch keine unversehrt. Als wir eintraten, winkten uns verkrüppelte und fingerlose Hände. Einige der Frauen hatten keine Nase mehr, andere ein Auge eingebüßt oder ein Ohr – oder von beidem beides. Bei wieder anderen waren die Lippen wulstig verformt, und manchen fehlten sie – und die Zähne auch, sodass ihnen der Mund permanent offenstand wie ein Loch. Einer Frau in der ersten Reihe spannten verhärtete Narbenstränge die Mundwinkel breit auseinander und nach oben und ein starres Grinsen entblößte, wie bei einem Comic-Dracula, zwei übrig gebliebene Eckzähne. Und der Frau neben ihr hatten sklerotische Kontrakturen den Kopf, auf dem kein Haar mehr wuchs, krumm und schief gezogen; grotesk verdreht klemmte er zwischen ihren Schultern, und jedes Mal, wenn sie versuchte, ihn zu heben, entfuhr ihr ein schauerliches Stöhnen.

Ob es weitere Deformationen gab, an den Leibern womöglich, konnte ich nicht beurteilen. Die Frauen waren ja nicht nackt, sondern mit Stoffbahnen umwickelt; geradezu verpuppt hatten sie sich in ihre Saris, wie Raupen oder Mumien.

Und ebendiese schmetterlingsbunten oder witwenweißen Saris, die, außer Kopf, Händen und Füßen, alles verbargen, wirkten wie Hohn auf mich und brachten das Fass, das ich war – und sonst nichts und niemand dort –, buchstäblich zum Überlaufen. Längst hatte Shamim, die Grande Dame dieser bizarren Gemeinde, ein paar einleitende Worte gesprochen und mir, damit ich endlich zu lesen anfinge, wieder und wieder ihren Ellbogen in die Seite gestoßen. Doch ich blieb still und stumm; Shamims Püffen zum Trotz gluckte der *solidarische deutsche Gast*, also ich, wie gelähmt in einem dennoch knarrenden Korbsessel und weinte. Die Tränen strömten mir aus den Augen, als habe sich mein Inneres komplett verflüssigt und steige nun unablässig aufwärts bis an die Lidränder, über die zu entweichen ich ihnen ja nicht verbieten konnte. Wenigstens tropfte mir noch nicht die Nase, und auch meine fest aufeinandergepressten Lippen hatte ich noch unter Kontrolle; und genau deswegen musste ich weiterhin den Mund halten, egal wie fordernd und von Mal zu Mal gröber Shamims Ellbogen meine Flanke rammte. Natürlich wollte ich mich wieder in den Griff bekommen, aber je angestrengter ich es versuchte, umso heftiger musste ich weinen. War es, weil ich mir so überrumpelt vorkam? Waren es die Hitze, der Durst und der Hunger, die mich schwächten? Oder doch der Liebeskummer, den ich, in Tateinheit mit den Strapazen der Reise, zu lange verdrängt und unterdrückt hatte? Vermutlich war es all das zusammen, also Selbstmitleid, und nicht etwa, das nun wusste und weiß ich ganz sicher, Mitleid mit diesen gespenstischen Weibern.

Die allerdings hatten bald welches mit mir; einige von ihnen erhoben sich, traten näher, strichen mir übers Haar, tätschelten meine zu Fäusten geballten Hände, murmelten freundlich klingende Worte, streuten Zuckerdragees und Erdnüsse auf die Manuskriptseiten vor mir, die aussahen, als hätten sie im Regen gelegen. Doch das besserte meinen Zustand gar nicht. O nein, die Trostversuche, gerade dieser Frauen, waren mir unangenehm, ja, peinlich. Der Katzenjammer schüttelte mich, wie sich ein nasser Hund schüttelt. Ich schluchzte und schniefte und war nicht mal fähig, aufzustehen und hinauszugehen vor die Tür, zu jenen staubigen Bäumen, in deren spärlichem Schatten ich mich vielleicht irgendwie gefangen hätte; aber ich kam einfach nicht hoch.

Und so blieb ich sitzen, weiterhin krampfhaft bemüht, meiner Tränen Herr zu werden.

Einmal war ich für einen Moment der Meinung, dass es nun ginge, dass ich mich, wenn ich die Augen schließen oder nur noch an die Decke starren würde, allmählich beruhigen könnte, da packte mich plötzlich ein fieser Schluckauf, gegen den ich ebenso vergeblich ankämpfte wie gegen das zwanghafte Weinen. – Ich war wehrlos, nie, glaub mir, niemals, auch nicht während der Pubertät, die für mich eine echt finstere Zeit gewesen war, habe ich mich derart wehrlos gefühlt.

Irgendwann muss es Shamim gereicht haben; sie sagte etwas, ich verstand nicht was, und begann, meine Geschichte vorzutragen, auf Hindi vermutlich und ziemlich pathetisch, wie mir schien, und ihre kräftige Stimme übertönte mein, womöglich deswegen, nun tatsächlich abebbendes Sirenengeheul und die Hickser, die es kontrapunktierten.

Als sie fertig gelesen hatte, brandete minutenlanger Beifall los. Die Frauen klatschten immer weiter, im Stehen und noch im Hinausgehen; ›Shamim, Shamim, Tamara, Tamara‹, skandierten sie und gaben, wie Kanarienvögel, seltsame Triller von sich.

Und endlich griff Shamims heiße Patschhand nach meinem Arm. Sie zog mich aus dem Korbsessel hoch, hakte mich unter; fast als Letzte verließen wir beide die Baracke und stiegen wieder in das Taxi, das zurückgekommen war oder auf uns gewartet hatte.

Diesmal jedoch nahm Shamim nicht neben dem Fahrer Platz, sondern neben mir; und erneut stieß sie mir den linken ihrer unglaublich spitzen Ellbogen in die Weichteile, jetzt aber, zu meiner nicht geringen Verwunderung, ermunternd, ja begeistert.

›Fantastisch‹, rief sie, ›das war ganz fantastisch! Nie werden unsere tapferen Frauen dich vergessen. Denn niemals bisher hat jemand ihretwegen geweint, und dann auch noch eine Fremde, eine Ausländerin. Deine Tränen, Tamara, waren für sie wie der Morgentau für die welken Sommerrosen.‹

All dies sagte Shamim natürlich in ihrem komischen indischen Englisch, das ich, seit ich auf sie angewiesen war, immer besser verstand.

Und während wir weiterfuhren oder wieder im Stau warteten, erzählte mir Shamim etwas, wovon ich nicht einmal den Schimmer einer Ahnung gehabt hatte, nämlich dass auf diese Frauen Anschläge mit Kochbenzin verübt worden seien. Es gebe sie zu Tausenden, in jeder Gegend Indiens.

›Viele von ihnen‹, sagte Shamim, ›sterben über kurz oder lang an ihren Brandverletzungen. Doch jene, die da bis eben unser Publikum waren, hatten das Glück oder das Pech, die einen sehen es so, die anderen so, mit dem Leben davongekommen zu sein. Die Schwiegermütter sind die Hauptschuldigen, die vor allem begehen diese Verbrechen, für die unser Gesetzbuch harte Strafen vorsieht, wenn, ja, wenn jemand den Mut aufbringt, sie anzuzeigen, und wenn sich ein Richter findet, der bereit ist, im Verdachtsfall Anklage zu erheben und einen Prozess vom Zaune zu brechen. Aber selbst dann gibt es kaum einmal handfeste Beweise. Der Aussage der einen, schwer verletzten Frau stehen meistens die Aussagen der gesamten Dorfgemeinschaft gegenüber; und am Ende verlassen die alten Hexen triumphierend den Gerichtssaal‹.

Später, als ich nach Hause zurückgekehrt war, las ich jedes Buch, jeden Artikel, was immer ich zu dem Thema, das damals noch nicht so populär war wie heute, in Bibliotheken und per Fernleihe auftreiben konnte. Geweint, wie während der realen Begegnung mit diesen halb verbrannten Frauen, habe ich während der Lektüre nicht wieder, aber speiübel wurde mir; einmal, in der Damentoilette der Lübecker Stadtbücherei, hing ich mindestens eine Stunde lang über der Kloschüssel, und mir war, als müsste ich nicht nur mein Frühstück erbrechen, sondern alles, was ich jemals gegessen und getrunken hatte, sogar das Fruchtwasser, an dem ich, wie meine Oma mir erzählt hatte, bei meiner Geburt fast erstickt wäre.

Der Grund für diese Attentate ist allein die Mitgift, die der Bräutigam und dessen Clan von den Eltern der Braut erwarten und erhalten; fällt die nicht hoch genug aus, vielleicht weil die Brautfamilie arm ist und auch noch andere Töchter unter die Haube zu bringen hat, wird das zunächst murrend akzeptiert. Doch nach der Hochzeit, die so bombastisch wie möglich war und selbstverständlich ebenfalls Sache der Brauteltern, setzt es seitens der Ehemannssippe garantiert neue, oft von fadenscheinigen Argumenten begleitete Forderungen. Die junge Frau, die ja nun bei ihnen wohne, nörgeln sie, sei faul und ungeschickt, fresse zu viel und habe, was am schwersten wiege, als Erstes nur eine Tochter geworfen und ihnen nicht den erhofften Sohn beschert. Wenn das schon so anfinge, würden die Zukunftssterne nichts Gutes verheißen.

»Eine Tochter großzuziehen«, lautet ein altes indisches Sprichwort, »das ist, als bewässere man den Garten des Nachbarn«.

Aber die Eltern der Unglücklichen, nennen wir sie Nala, die sich für Mitgift und Hochzeit eh verschulden mussten, sind nicht in der Lage oder nicht willens, sich bis zur nächsten Steinzeit erpressen zu lassen und dieser gierigen Ehemannsbande mehr und immer noch mehr Geld in den Rachen zu stopfen.

Und die besagte Bande, wie löst die nun das Problem, das ihr echt Verdruss bereitet, zumal sie womöglich selbst zwei, drei Mädels bei sich daheim herumsitzen und den einzigen Sohn derart vorschnell und viel zu billig verkauft hat? Sehr einfach: Eines Tages steht Nala, Zwiebeln schneidend, also vornübergebeugt, in der Küche und hinter ihr, neben dem Kerosinkocher, die Schwiegermutter. Ein kleiner Schubs genügt; Nalas Baumwoll- oder gar Nylonsari, ihr Rücken, ihr Haar, ihr Gesicht, ihre Brust fangen Feuer, und im Handumdrehen steht die ganze Frau in Flammen. Und keiner der Nala feindlich gesinnten Unmenschen dort wird versuchen, sie zu löschen, auch nicht die minderjährigen Schwestern des Gatten, die wahrscheinlich schon bald eine ebenso miese Schicksalskarte ziehen.

Wenn die junge Frau ihren Verletzungen erliegt, am besten gleich, doch oft erleidet sie erst noch tage- oder wochenlang unbeschreibliche Qualen, ist der Fall erledigt, für alle, nicht zuletzt für die klammen, vielleicht auch bloß geizigen Brauteltern, die ihre Tochter, aus Furcht vor übler Nachrede, nie und nimmer zurück- oder sich wenigstens ihres Enkeltöchterchens angenommen hätten. Der Mord wird als bedauerlicher Unfall deklariert, der Witwer kann die nächste Todeskandidatin heiraten und seine Sippschaft die nächste Mitgift kassieren.

Mitgift, ein seltsames Wort, und es klingt mir, seit ich von diesen Dingen weiß, irgendwie indisch in den Ohren.

Stirbt sie aber nicht, die tollpatschige Nala – oder Asha oder Sunita, womöglich war nicht genug Benzin im Kocher, oder sie hat es geschafft, brennend vors Haus zu laufen, wo zufällig gerade ein starker Regen niederging, dann wird sie eben verstoßen. Eine derart verunstaltete, fürs Bett und die Wirtschaft nicht mehr taugliche Ehefrau muss kein Mann behalten; die soll ihr Gör nehmen, es ist eh bloß ein Mädchen, und sich vom Acker machen.

Etwa so, na, vielleicht nicht ganz so detailliert, hatte Shamim ja schon während der Rückfahrt nach Kalkutta-City vom Martyrium dieser Inderinnen erzählt und mir dann, noch bevor wir mein Hotel in Tangra, einem der vielen Elendsviertel Kalkuttas, erreichten, auch den eigentlichen, den wahren Grund für ihre Einladung entdeckt.

›Nun‹, sagte sie, ›bist du im Bilde, hast sogar geweint vor Rührung. Und darum ist dir wohl klar, was wir wirklich benötigen und dringender als deine Tränen. Die einzige Hoffnung für meine Schützlinge sind Nähmaschinen, viele Nähmaschinen; sobald sie die hätten, könnten sie, mithilfe unserer Organisation und deiner natürlich, Genossenschaften gründen. Je fünf bis zehn Frauen teilen sich zwei bis drei Maschinen, und für Stoffe und die sonstigen Materialien nehmen sie einen kleinen Kredit auf, der allerdings voraussetzt, dass ihnen das Wichtigste, also die Nähmaschinen, bereits gehört; die gelten dann als Sicherheit, weil sie sich, falls es mit der Rückzahlung nicht klappt, bei uns in Indien sogar gebraucht noch gewinnbringend weiterverkaufen lassen würden. Diese Nähmaschinen zu besorgen, das, Tamara, ist nun deine Mission; für den Anfang genügen etwa hundert, besser zweihundert, egal welche Modelle und egal von wem, nur gratis müssen sie sein, und auch der Transport darf uns nichts kosten. Das wirst du doch zuwege bringen, oder?‹

Shamims *oder* klang aber nicht wie ein solches, sondern so, als wäre es eine Schande, ein untilgbarer Makel, wenn ich versagen sollte.

Am nächsten und übernächsten Tag hatte ich ein Rattern wie von einer Nähmaschine im Kopf. Von einer? Ach was, von Hunderten! Die meiste Zeit dämmerte ich auf meinem Hotelbett unter dem altersschwachen Deckenventilator vor mich hin und dachte, hörte, sah nichts anderes als Nähmaschinen, Nähmaschinen,

Nähmaschinen … Ich war sogar fast froh darüber, denn diese Nähmaschinen und Shamims Auftrag, gegen den ich nicht den Anflug eines Einwands gewagt hatte, verdrängten ganz gut die Bilder der verwüsteten Frauengesichter.

Ich hatte Shamim darum gebeten, kein Programm mit mir zu veranstalten und sie dergleichen wohl gar nicht erst geplant. ›Du bist erwachsen‹, sagte sie. ›Schau dich um. Und achte auch auf das, was dir wahrscheinlich widerwärtig ist. Und falls es ein Problem gibt, meine Telefonnummern hast du.‹

Ich unternahm aber nur einmal einen kurzen Spaziergang, der keiner wurde, weil es brütend heiß war und weil mich an jeder Straßenecke bettelnde Kinder bestürmten und weil ich bald nicht mehr wusste, wie ich meine Füße setzen sollte, um nicht über herumliegende Menschen zu stolpern. Nein, ich shoppte keine Armreifen, Ohrringe oder Seidenstoffe, holte mir nur gelegentlich an dem Stand gleich neben dem Hotel einen Becher Dahl und ein Pappschälchen voll Reis mit würziger Gemüsepampe. Doch von solchen Details kann ich getrost schweigen, sie sind nicht wichtig. Die Klischees, das Elend und schlechtes Fast Food kennen wir ja beide zur Genüge.

Eigentlich hatte ich mir, nun, da ich schon mal in Kalkutta war, vorgenommen, Nirmal Hriday zu besuchen, das berühmte Sterbehospiz von Mutter Teresa, die damals noch höchstpersönlich dort wirkte, zumindest ab und an, wenn sie nicht gerade, natürlich aus rein missionarischen Gründen, die Welt bereiste. Aber nach allem, was ich in jener Baracke gesehen und nicht verkraftet hatte, fühlte ich mich so schlapp, dass mir schon vor der Fahrt dorthin graute. Vielleicht fürchtete ich auch, dass mein schlechtes Gewissen mich verleiten könnte, einige Zeit in Kalighat zu bleiben, als eine der vielen Freiwilligen, die Mutter Teresas Schwestern der Nächstenliebe unter die Arme greifen. Und ich musste doch schleunigst heim, die Aktion Nähmaschinen starten, deren Notwendigkeit – im womöglich wahrhaftigeren Sinne von notwenden – mir Shamim mit ihrer Schockstrategie, die ja einer Art Gehirnwäsche gleichkam, klargemacht, nein, eingetrichtert hatte.

Also lag ich weiter auf dem Hotelbett und dachte nicht an die Stadt, in der ich mich befand, sondern darüber nach, wie ich die Singer-Vertretung in Deutschland erreichen und wen ich mit welchen Briefen um Hilfe bitten könnte, den PEN und den Schriftstellerverband, zwei Vereine, deren Mitglied ich gar nicht war, die Redaktion der Frauenzeitschrift EMMA, die vielleicht einen Spendenaufruf drucken würde. Ich fragte mich, ob es auch deutsche Firmen gebe, die Nähmaschinen produzieren, und ob ich nicht auf eigene Kosten in den beiden wichtigsten überregionalen Zeitungen Annoncen veröffentlichen lassen sollte und ob mich das sehr teuer zu stehen käme und ob nicht ohnehin der Transport das größte finanzielle Problem werden würde. Nähmaschinen, selbst die kleineren, leichteren Koffernähmaschinen, sind schließlich keine Taschenrechner.

Am Abend des dritten Tages, dem vor meinem Rückflug, kam Shamim wie besprochen zu mir ins Hotel. Als sie kurz klopfte, eintrat und sich mit verschränken Armen in die Tür stellte, die sie natürlich offenließ, lag ich, da ich ja nur Nähmaschinen im Sinn hatte, aber nicht mehr diese Verabredung, noch immer auf dem Bett. Unter Shamims ungeduldigem Blick erhob ich mich, schlüpfte in Rock, T-Shirt und Sandaletten und war blitzschnell fertig; beinahe hätte ich salutiert: Tamara bereit zum Ausgehen!

Per Rikscha fuhren wir, nur etwa eine Stunde diesmal, zu einem Restaurant, das, wie Shamim selbstverliebt grinsend erklärte, ihrer Organisation gehöre und von fünf Ex-Prostituierten betrieben würde; es sei recht erfolgreich und werfe sogar schon Profit ab, weil es beste mogulische Hausmannskost biete.«

Hausmannskost hatte Tamara gesagt, Shamim sicher nicht; denn das ist ein durch und durch deutsches, wahrscheinlich unübersetzbares Wort für deftige, allseits beliebte Gerichte. Und es stößt mir, in dem Kontext, in dem Tamara es benutzt hatte, gerade wieder ganz unangenehm auf.

»Shamim«, erzählte Tamara weiter, »bestellte irgendetwas, was habe ich vergessen, überreichte mir eine Mappe mit Informationsmaterial und schärfte mir nochmals ein, dass die Nähmaschinen, mindestens hundertfünfzig, dringend gebraucht würden. Ich müsse in meiner reichen Heimat von den entstellten und verstoßenen Frauen berichten und unbedingt darüber schreiben, dann wären gewiss noch viel mehr Menschen bereit, die Initiativen ihrer Liga for free Indian Women zu unterstützen.

Kein freundliches Wort zu mir, keine Frage nach meinem Befinden oder wenigstens nach dem Eindruck, den Kalkutta auf mich gemacht hatte. Es war Shamim offenbar von vorherein, also schon seit jenem Meeting in Frankfurt, nur darum gegangen, mich zu instrumentalisieren – wie diesen kleinwüchsigen Dalit-Dichter, aus dessen Glas sie getrunken hatte. Meine Erzählung und ich, wir waren für sie nichts anderes gewesen als Mittel zum Zweck. Aber das nahm ich ihr, zumal sie sich keine Mühe gab, ihre eigentlichen Interessen zu verschleiern, nicht sonderlich übel. Im Gegenteil, ich bewunderte sie, ihre Coolness, ihre Willenskraft, ihre Zielstrebigkeit. Um diesen Frauen, die buchstäblich durch die Hölle gegangen sind, eine halbwegs erträgliche Zukunft zu ermöglichen, ergriff Shamim halt jede Chance, die sich ihr bot, ohne Rücksicht auf irgendwelche Illusionsverluste oder gar eine einzelne empfindsame, deutsche Autorinnenseele.

Und so war denn auch unser Abschied am Airport Dum Dum: eher sachlich als herzlich. Immerhin drückte Shamim fest meine vor lauter Flugangst tropfnasse Hand; allerdings erst nachdem sie mich bezüglich der zu hohen Reisekosten belehrt und sich auch nicht entblödet hatte, mich noch einmal an die ›gemeinsame Mission‹ zu erinnern.

Wie du dir vorstellen kannst, widmete ich mich, kaum dass ich wieder in Lübeck war, sogleich der Aktion, die ich *Nähmaschinen für Indiens Frauen* nannte; veroder gegessen waren der chronische Liebeskummer und das Ringen um den nächsten Roman, der ja eh Fragment geblieben und seit Jahren verschollen ist. Ich ließ Spendenaufrufe veröffentlichen, zwei, die ich selbst bezahlte, und einen, den die EMMA gratis druckte, schrieb an die deutsche Firmenvertretung von Singer Näh- und Strickmaschinen, an den PEN, den Deutschen Schriftstellerverband, die einheimischen Hersteller Pfaff, Dürkopp-Adler, Seidel & Naumann, Kunze AG, Maier, Kannegießer und andere, die ich ausfindig gemacht hatte. Weil ich nicht die Geduld aufbrachte, Antwortbriefe abzuwarten, telefonierte ich mit Lobbyisten, Managern, Pressesprechern dieser Firmen und Institutionen, schilderte meine Erlebnisse, argumentierte, beschwor, flehte, bettelte.

Ich muss sehr überzeugend gewesen sein, denn nach etwa acht Wochen hatte ich die Zusagen für hundertdreißig Nähmaschinen, größtenteils Auslaufmodelle, die sich normalerweise nur noch hätten verramschen oder überhaupt nicht mehr verkaufen lassen. Und in meiner Wohnung hortete ich weitere vierundvierzig Reise- und Koffernähmaschinen, andere nahm ich aus Platzmangel gar nicht erst entgegen, sowie diverse Ersatzteile, Garne, Schneiderutensilien und Bargeldspenden, die irgendwelche Leute überwiesen, per Post geschickt oder mal eben vorbeigebracht hatten. Die Transportkosten, die in der Tat immens waren, finanzierten der PEN und das Ministerium für Gesundheit, Frauen und Soziales. Sämtliche Nähmaschinen, insgesamt hundertvierundsiebzig, wurden an die Adresse der Liga geliefert. In einigen Fällen kümmerten sich die Firmen selbst um den Transport, ansonsten erfolgte er erst, wenn der PEN oder das Ministerium die entsprechenden Mittel überwiesen hatte. Mit den Geldspenden, zum Schluss waren es rund viertausend D-Mark, organisierte ich den Schiffsversand jener Maschinen und Ersatzteile, die sich bei mir zu Hause angesammelt hatten.

Shamim ließ dann lange nichts von sich lesen – und hören auch nicht; sie hat mich ja niemals angerufen. – Immerhin, ein gutes halbes Jahr nach unserem Abschied auf dem Dum-Dum-Flughafen kam ein letztes Brieflein, in dem sie mir mitteilte, dass dreizehn Genossenschaften gegründet worden seien. Sie habe zu danken, stand unter den zwei, drei knappen

Zeilen, aber nicht für sich selbst, sondern im Namen der ›forgotten women‹ ihrer Stadt.

Ach Asta, ich war auf das, was ich geschafft hatte, stolz wie Bolle und erschöpft und raus aus allem. Die Schreiberei, so viel war mir klar geworden, würde mich künftig weder befriedigen noch ernähren. Also zog ich mir den einzigen Trumpf aus dem Ärmel, den ich je hatte, kein Kreuz-, aber wenigstens ein Karo-Ass, den wundervollen Beruf, in dem ich ausgebildet worden war und dem ich wieder nachgehen konnte, wo, wann und so lange ich es wollte. Und deshalb, Asta, sitze ich jetzt hier, mit dir zusammen, in dieser rabenschwarzen rumänischen Tinte.«

Moment mal, kann es denn sein, dass die alte Asta Arnold sich wortwörtlich gemerkt hat, was Tamara ihr vor Jahren erzählte, all die Daten und Umstände, die Tamara Bunke betrafen, jene in mancher Hinsicht aus der Zeit ge- und längst zu Staub zerfallene Unterikone einer Revolution, die schon wieder oder noch immer beendet ist und für die Kindeskinder derer, die sie einst angezettelt hatten, kaum mehr als prähistorische Popkunst? Und die Sache mit den indischen Frauen, geht die wirklich auf diese Tamara zurück? Oder weiß Asta das aus Büchern, Zeitungen, Fernsehreportagen? Gibt oder gab es Tamara Schröder überhaupt? Sicher? Wahrscheinlich? Vielleicht? Vorausgesetzt, sie existiert oder hat existiert, denn womöglich lebt sie ja gar nicht mehr, ist oder war sie jener Frau, die Asta an der Supermarktkasse gesehen und sogar wiedererkannt haben will, auch dem Wesen nach ähnlich? Und sollte Asta dieser Tamara tatsächlich begegnet sein, hat die wiederum einen Roman geschrieben, eine Shamim kennengelernt und Kalkutta besucht? Oder sind Tamara und Shamim und deren Geschichten frei erfunden? Oder halb real, halb erfunden? Und wie war das mit Astas Jugendfreundin Carmen und dem nordkoreanischen Koch, den sie angeblich damals, zu DDR-Zeiten, abgeschleppt hat?

Auf dem Gelände des Münchener Flughafens geraten Asta irgendwelche Menschen in den Blick, die ihrem Gedächtnis oder ihrer Fantasie oder dieser ominösen, aber wohl ziemlich manipulativen inneren Stimme, oder einer Kombination aus alldem, als Stichwortgeber und Inspirationsquelle dienen. Sie glaubt, sie erinnere sich einfach nur, und es wundert sie nicht im Geringsten, dass ihr diese Erinnerungen oder das, was sie dafür hält, derart plastisch, ja, ausufernd detailliert geraten. Und? Freut es sie wenigstens? Nein, sie nimmt es hin, als völlig selbstverständlich. Sie glaubt, sie sei eine Art Elefant, und wie es diesen Tieren nachgesagt wird, so sei eben auch in ihrem Kopf selbst weit Zurückliegendes dauerhaft gespeichert, natürlich nicht jedes Wort, das sie je hörte oder las, aber Geräusche, Gerüche, Farben, Gesichter, Situationen …

Doch wenn dem so wäre, warum entfällt ihr dann öfter mal Wichtiges, sogar Lebenswichtiges? Warum hat sie einer Patientin, die sie zugegebenermaßen nicht sonderlich mochte, ein Serum, das intramuskulär zu verabreichen gewesen wäre, intravenös injiziert? Warum hat sie wiederholt die Medizin falsch gestellt, Abläufe durcheinandergebracht und vergessen, wer wann zum Dienst eingeteilt war?

Es gab genug solcher Vor- und Zwischenfälle, auch einen, der sie selbst in Gefahr brachte – und Folgen hatte.

»Trotz einer noch ziemlich frischen Brandwunde an ihrem linken Daumen entfernte Schwester Asta Arnold mithilfe einer unsterilen Nagelschere, aber ohne Gummihandschuhe, nekrotisches Gewebe von einem großflächigen Dekubitus-Geschwür und riskierte so für beide, die Patientin und sich, eine Sepsis. Immer öfter«, klagten die Kollegen weiter in ihrem zweiseitigen Abmahnersuchen an den Leiter des kurz HAN genannten Hospital Alemán Nicaragüense der Hauptstadt Managua, »lässt sie sich bei den Kranken, die sie hätte waschen, füttern oder neu verbinden sollen, gar nicht mehr blicken, sondern sitzt ketterauchend und gedankenverloren, ja, wie weggetreten, stundenlang in unserem Pausenraum herum.«

»Hinterhältige Mistpfützenkrebse«, schimpfte Asta ihre Kollegen, als schließlich auch sie Bescheid wusste. Dass die so infam gewesen waren, einen solchen Brief zu verfassen, hatte ihr ausgerechnet Schwester Marlis gesteckt, die einzige Person dort am HAN, die ihre Feindseligkeit gegen Asta stets offen gezeigt hatte, obwohl oder gerade weil sie beide nicht mehr die Jüngsten waren. Da den Wisch möglichst alle, von den Hilfs- und Pflegekräften bis rauf zu den Assistenz- und Stationsärzten, unterzeichnen sollten, nur Asta natürlich nicht, war er von Hand zu Hand gewandert, was Marlis die Gelegenheit verschafft hatte, einige besonders denunziatorische Passagen daraus abzuschreiben und Asta diese Abschrift, nachdem sie miteinander kein Wort, aber fünf vollgeschissene Laken gewechselt hatten, kassiberklein zusammengefaltet in die Kitteltasche zu schieben.

War der Brief dann doch nicht beim Klinikleiter gelandet? Oder hatte der ihn ignoriert? Jedenfalls kam es nicht zu der befürchteten Abmahnung, nur zu ein paar verdeckten Schikanen und am 23. Juni 2013, Astas fünfundsechzigstem Geburtstag, zu einer seltsamen Überraschung. Die lieben Kollegen, auch der Chef, hatten, wie es in dem mit Blümchen verzierten Begleitklappkärtchen hieß, »fleißig für diesen Flug nach München gesammelt«, denn in der Heimat sei Asta ewig nicht mehr gewesen, und vielleicht brächte dieser »Aus-Flug«, so deren pfiffige Schreibweise, sie ja auf die Idee, endlich mal ihren »wohlverdienten Ruhestand« anzutreten.

»Ich bin aber Berlinerin«, hatte Asta verblüfft erklärt und gefragt, warum sie, wenn es schon München sein solle, bloß den Hinflug geschenkt bekäme. »Weil du ihn hoffentlich als Heimflug begreifst und weil das Geld für ein One-Way-Ticket bis Berlin nicht ganz gereicht hat. Und außerdem hättest du dann nochmals umsteigen müssen. Und in dein Berlin kannst du ja auch per Zug weiterreisen«, hatte Marlis breit grinsend geantwortet; »und wenn du trotzdem noch immer nicht ans Aufhören denkst, dann schufte dich doch irgendwo in Deutschland tot, oder in Osteuropa, nur bitte nicht mehr bei uns.«

Noch immer, nur viel böser jetzt, schaut Asta durch die Glasscheibe des Flughafen-Supermarktes, hinüber zu jener Frau an der Kasse, die Tamara ähnelt oder womöglich, den Verdacht wird Asta nicht los, sogar Tamara ist, und hadert mit ihr, aber, typisch Asta, bloß in Gedanken.

Nun tu mal nicht so unbeteiligt, du hättest hübsch bei der ganzen Wahrheit bleiben und zugeben können, dass du doch zur heiligen Teresa der Finsternis ins Nirmal Hriday gegangen und sogar eine Weile geblieben bist. Bis du dich lieber deines Versprechens besonnen und schnell wieder aus dem Staub gemacht hast, um daheim, wie befohlen, einen Haufen Schrottnähmaschinen zusammenzutrommeln, hast du dich von Mom's Missionaries of Charity morgens zum Beten animieren und tagsüber herumkommandieren lassen. Das Pseudoreligiöse und das Paramilitärische, entsinne dich deiner Tamara-Bunke-Macke oder der Wirkung, die Shamim bei dir erzielen konnte, lag dir ja ohnehin. Deshalb dürften dich im Nirmal Hriday auch die schmalen Betten und die an die

Wände dahinter gemalten Nummern kaum gestört haben. Doch stundenlang gebückt am Zinkzuber stehen und mit Kernseife und kaltem Leitungswasser Baumwollsaris, Hemdchen, Handtücher, Mullbinden sowie zweimal täglich diese praktischen Plastiklaken schrubben, das war sicher Knochenarbeit, noch dazu eine, die unseren Hygienevorstellungen absolut nicht entspricht.

Und schon sehe ich, wie im Kino, die nächsten Szenen vor mir: Die Argusaugen der frommen Schwestern leuchten jeden Winkel Kalkuttas nach Todkranken ab, die sie – vier Schwestern, acht Arme, acht Beine und dazwischen jeweils ein Bündel Elend – mit Schwung auf Bahren und anschließend ins Hospiz verfrachten, wo die Aufgelesenen dann aber nicht alle still vor sich hin dösen; einige, besonders einige der klapperdürren, hohläugigen Musliminnen, jammern und schreien auch, etwa wenn solche wie du, also ihnen und einander völlig Fremde, die oft nicht mal richtig Englisch sprechen, sie aus ihren Lumpen schälen, ihnen ihren einzigen Stolz, das dichte, lange, angeblich jedoch völlig verlauste Haar abschneiden und ihnen anschließend, als sei das nicht genug, die Schädel ratzekahl rasieren. Warum habt ihr den Frauen keine der bereits damals üblichen und wirksamen Schaumpackungen gegen derlei Parasiten gemacht? Weil die sich mit kaltem Wasser nur schlecht wieder auswaschen lassen? Selbsterfahrungsambitionierte Rucksacktouristinnen, die es dennoch versuchen oder die grauen Mähnen geduldig hätten striegeln und so von Läusen und Nissen befreien können, gab und gibt es doch genug bei euch, und Geld, um Antiläuseshampoo oder wenigstens ein paar dieser altmodischen Läusekämme zu beschaffen, ebenfalls.

Ich will Mutter Teresa, ihrem Orden und dir ja nicht auf die Füße treten; das steht mir nicht zu. Die Welt und die Armen Kalkuttas sind euch dankbar. Im Nirmal Hriday war das widerliche, archaische Kastensystem von Anfang an bedeutungslos; dies Hospiz hat ohne Bedenken jederzeit jeden Hinfälligen aufgenommen, selbst jeden HIV-Infizierten, egal wie er zu der Krankheit gekommen oder wie fortgeschritten sie jeweils bereits war. Ihr sorgt für Essen, Reis und Bohnencurry bis zum Abwinken, etwas Pflege, Aspirin gegen alles.

Warum jemand hilft, ob aus omnipotentem Größenwahn oder atheistisch-humanitärer Gesinnung oder aufs Paradies spekulierender, also nicht ganz so selbstloser christlicher Nächstenliebe, ist unwichtig; dass er nicht wegschaut, sondern die Ärmel hochkrempelt, reicht fürs Erste. Und wenn schon sterben, an TBC, an Aids, an Krebs oder schlicht an Auszehrung, dann zumindest mit einem Plastiklaken unterm Hintern auf einem Feldbett. Vom Aspirin kaum gelinderte Schmerzen erleiden müssen – oder dürfen, so sah es die seliggesprochene Mutter Theresa – wie weiland der Heiland, aber getröstet und dabei womöglich noch bekehrt und getauft werden, auf den buchstäblich letzten Drücker, und das Ticket für die Himmelfahrt steckt einem sicher in der Tasche, obwohl das letzte Hemd bekanntlich gar keine Taschen hat.

Nein, ich will jetzt nichts infrage stellen, auch nicht die Spenden-Millionen, die Mutters Orden seit Jahrzehnten zufließen wie das Wasser, mit dem diese Bräute des Gekreuzigten immerhin echt großzügig sind; das haben schon andere getan.

Und du dort drüben, selbst wenn du da am laufenden Band Euros kassierst, weißt eh nichts. Du bist ja nicht der Papst – und nicht mal mehr Krankenschwester, so wenig wie ich.

Krankenschwester, das Wort rührt von den ersten Krankenschwestern her, die ja generell Nonnen, also Ordensschwestern, gewesen waren, und es tönt, als wären sie alle, als wären wir Krankenschwestern alle, zumindest solange wir unseren Beruf *ausüben* – wieder so ein dämliches Wort –, blutsverwandt mit allen Kranken, die es auf Erden gab, gibt und geben wird. Doch zu den Pflegern sagt niemand *Krankenbrüder*, obwohl deren Stammes- oder Standesväter ebenfalls dem einen oder anderen katholischen Orden dienten und bis heute dienen, wie etwa die Mönche im Nirmal Hriday; aber nicht einmal die, wenngleich sie sich untereinander sehr wohl Brüder nennen, erlauben das auch den Sterbenden. Und sterben müssen eines Tages selbst diese Nirmal-Hriday-Mönche; das muss jeder. Darin besteht unsere ganze, unsere einzige Verwandtschaft!

Ich mag gar nicht darüber nachdenken, doch wenn es sich, wie jetzt, einfach nicht verhindern lässt, werde ich wütend, jedes Mal – und immer noch. Und ich bleibe dabei: Helfen wollen ist womöglich bloß ein angeborener Reflex, helfen können dagegen ein Triumph, ein vorläufiger wenigstens, über die An- und Hinfälligkeit jedweder Kreatur, in unserem Metier der menschlichen, ein Sieg über das Leiden – und den Ekel, den Schwerkranke normalerweise bei ihren gesunden Artgenossen auslösen. Das schrille Geschrei traumatisierter Kleinkinder, der Wahnsinn in den Gesichtern gefolterter Männer und geschändeter Frauen, erbrochener Reisbrei, dünner gelber Kot und Fleischwunden voller Maden – diese Aufzählung hat, obwohl sie der Wahrheit entspricht, etwas vom Anfang einer Predigt – sind nichts für Laien, wie Zivis, Rettungsschwimmer, Sanitäter und andere gutwillige, aber realitätsfremde Dilettanten, zarte Gemüter allesamt, und seit einiger Zeit auch nichts mehr für mich. Ja, die Kollegen in Managua sehen das ganz richtig; ich habe genug geholfen. Nur wohin ich nun soll oder will, das weiß ich nicht. Kein Geld, kein Zuhause, keine Familie, keine Freunde, keine Perspektive …

Asta schüttelt den Kopf, entzündet eine weitere Zigarette und schlendert zurück zur Drehtür. Da entdeckt sie in der Ankunftshalle, gegenüber der von einer schlafenden, womöglich arabischen Großfamilie okkupierten Sesselreihe, das nächste Opfer für ihre Projektionen, einen nobel gekleideten, aber unglücklich wirkenden Mann, der seitlich wie im Damensattel auf dem schmalen Schalterbrett des verwaisten Informationsstandes sitzt und den Bildschirm seines Laptops anstarrt; den allerdings kann Asta nicht sehen, nur das ebenmäßige Halbprofil des Mannes, das dem ihrer einzigen wahren, jedoch nie erwiderten Liebe ähnelt, nein, gleicht: struppige Augenbrauen unterm dichten, dunklen Haarschopf, kühn gebogene Nase, schmaler Mund, markantes Kinn, Bartschatten. Und wie ihr Schwarm während jenes längst vergangenen Abends seines größten Triumphs trägt der dort einen edel zerknitterten Designer-Sommeranzug aus beigefarbenem Leinen. An den Zehen des einen seiner schlanken gebräunten Füße baumelt eine Flip-Flop-Sandalette, die sich jeden Moment zu der bereits herabgefallenen anderen gesellen könnte.

Der diesem hier so erstaunlich Gleichende hieß Georg, Georg Golz, und hatte, wie er, wenn auch spöttisch, betonte, in Dresden sein *Malerdiplom* gemacht. Asta hatte ihn 1982 nach ihrer Rückkehr aus Leipzig kennengelernt, als sie beide wegen laufender Ausreiseanträge ihre Jobs verloren hatten und, um ein bisschen Geld zu verdienen, im Zeichensaal der Kunsthochschule Berlin-Weißensee Aktmodell standen.

Dass ich mich so was mal getraut habe, denkt Asta und beäugt die Altersflecken auf dem Rücken ihrer linken, die Zigarette haltenden Hand. Diese kleinen, Sommersprossen ähnelnden Tupfen oberhalb der Beuge zwischen Daumen und Zeigefinger, Schwester Elisabeth nannte sie *Friedhofsblümchen*, seit wann sind die eigentlich schon da? Ohne weiter an sich herunterzuschauen oder gar hinzufassen, spürt Asta, wie welk ihr einst üppiger Busen ist und wie wabblig weich ihr wenigstens nicht von Schwangerschaftsstreifen gefurchter Bauch; über den, denkt Asta, als sie ihn probehalber nun doch mal kurz berührt, könnte ich immerhin sagen, dass er sich erfreulicherweise noch einziehen lässt.

Es war ein paar Tage vor Weihnachten gewesen, und trotz des Kanonenöfchens, neben das wir uns stellen und die erwünschte Position einnehmen durften, hatte im Zeichensaal bittere Kälte geherrscht, Kälte – auch des weißblauen Neonlichts, das von hoch oben auf uns herabschien, – und Stille, nur durch das hässlich schleifende Geräusch der über Karton fahrenden Kohlestifte gestörte Stille. Keiner sagte ein Wort, und Georg war ebenso still, und vor allem, genauer vor all diesen um uns herumsitzenden Studenten, konnte er stillhalten, eine Stunde lang vollkommen still. Ich konnte das nicht, sosehr ich mich bemühte. Es war anstrengend, wesentlich schwerer, als ich es vermutet hatte. Bereits nach wenigen Minuten schmerzte jeder Muskel; mein Körper, damals noch kräftig und elastisch, verkrampfte sich, aus den Achselhöhlen rann mir der Schweiß, seltsamerweise aus beiden Achselhöhlen. Dabei wurde ich nur von der Ofenseite her gebraten, auf der dem Ofen abgewandten Seite aber fror ich jämmerlich; während mein rechter Nippel – das Wort *Brustwarze* ist so widerlich, dass ich es nicht mal denken mag – rosig, voll entfaltet und neugierig in die Runde lugte, war der linke zu einem Knubbel geschrumpft, also viel kleiner als der andere. Vom ungewohnten Stehen wurde mir schwindlig. Und um mich des Schwindelgefühls zu erwehren, musste ich mich hin und wieder ein wenig bewegen, *zappeln*, wie einer der Studenten sagte, kaum dass die Stunde um war und wir, Georg und ich, wieder in unsere Klamotten schlüpfen konnten.

Georg hockte hinter dem Öfchen und zählte unser Geld, das Honorar für die Modelle, das die Studenten je nach Laune und momentaner Barschaft auf einen hölzernen Sockel zu legen pflegten, und machte aus den Münzen – es waren immer Münzen, niemals Scheine –, zwei, wie ich hoffte, etwa gleichwertige Haufen. Ich schlenderte umher, beäugte neugierig, was diese angehenden Maler und Bildhauer zu Papier gebracht hatten, und war erstaunt, dass die meisten Skizzen mich darstellten, oder zumindest die Konturen einer nackten Frau.

So etwas, Brüste, überhaupt Rundungen, meinte ein dickes Mädchen, dessen Blatt ich etwas genauer betrachtete, wäre, obwohl Georg seine Sache nicht so schlecht gemacht hätte wie ich, einfacher zu zeichnen als Muskeln und Sehnen, männliche Härte eben.

Ich weiß nicht, ob Georg gekränkt war, weil sich nur fünf der etwa dreißig Studenten an ihm versucht hatten, oder ob er denn doch fand, dass es unter seiner Würde sei, der eines Diplomkunstmalers und Meisterschülers, sich so zu erniedrigen, sich buchstäblich derart *die Blöße zu geben*, aber nach jenem Dezembertag und der Nacht, die ihm folgte, haben wir nie wieder gemeinsam Modell gestanden.

Wir hatten achtundvierzig Ostmark eingenommen, vierundzwanzig für jeden. Und da uns immer noch kalt war, beschlossen wir, Grog trinken zu gehen, doch nicht in einer Kneipe, das wäre zu teuer geworden, sondern in Georgs Atelier, das sich nahe der Hochschule am Antonplatz befand.

Georg malte gegenständlich, was damals als unmodern, ja, angepasst galt. Seine asiatisch anmutenden, eher kleinformatigen Aquarelle zeigten leere Ostberliner Straßen im bleiernen Licht der Dämmerung. Es waren Abschiedsbilder, ohne einen Menschen oder eine sonstige Kreatur; sie wirkten distanziert, gekonnt und dennoch unfertig, wie flüchtig hingetuscht aus einem sich langsam entfernenden Zug – oder schon aus der Erinnerung. Auf manchen dieser Bilder fiel Regen, oder er war gerade gefallen. Nasses Pflaster spiegelte die dottergelb glimmenden Gaslaternen wider; auch die Häuserzeilen erschienen zweifach, einerseits senkrecht und kompakt, andererseits waagerecht und verschwommen. Ich verstand und verstehe nicht viel von Malerei, doch das, was dort an den Wänden hing und herumstand in jeder Ecke des Ateliers, das vermutlich einmal ein Ladengeschäft gewesen war, mochte ich, und mehr noch den, der es geschaffen hatte. Weil er vorwiegend aquarelliere und weil unsere graue, bröckelnde Hauptstadt bei ihm aussehe wie Venedig oder Vineta, sagte Georg gespielt lässig, würden seine Freunde ihn *Wassermann* nennen. Und tatsächlich sei er ja im Februar geboren und an der Ostsee, in Putbus, auf der Insel Rügen.

Georg braute uns Grog, wie es sich gehört mit viel Rumverschnitt, etwas starkem schwarzem Tee und Würfelzucker. Aber obwohl ich dann, gefühlte zwanzig Grog später, sogar bei ihm schlief, wurde nichts aus uns, jedenfalls kein Paar, nicht mal für dieses eine Mal.

Bis wir nach Westberlin ausgereist waren, ich zwei Monate vor Georg, am 31. August 1983, trafen wir einander nicht allzu oft wieder. Doch Georg hielt die scheue Bewunderung, die ich ihm entgegenbrachte, wenn ich ihn ab und an besuchte, und einmal auch er mich, tatsächlich für Freundschaft. Der Gedanke, dass ich mehr von ihm wollen könnte als Grog und Gespräche über die Malerei, meist über seine Malerei, ist ihm vermutlich nie gekommen. Warum auch? Ich war ja, wie er beim gemeinsamen Modellstehen gesehen hatte, nicht besonders reizvoll, nicht einmal in meiner zu der Zeit noch fast jugendlichen Nacktheit.

Aber dann, Anfang November, falls ich mich recht entsinne, kam jener Tag, Georgs Tag; ehe der nächste herandämmerte, vielleicht der beste seines Lebens, denn eine große, renommierte Charlottenburger Galerie zeigte seine Bilder, womöglich all seine

Bilder. Einige bundesrepublikanische Diplomaten hatten sie, noch vor Georgs Ankunft auf der anderen Seite der Mauer, über die Grenze geschmuggelt, per Ameisentaktik, also step by step und in verschiedenen Autos.

Ich weiß nicht mehr, wie viele seiner Bilder in dieser Galerie ausgestellt waren. Etwa ein-, zweihundert? Der Kurator, er trug eine John-Lennon-Brille und das krause Haar zum Pferdeschwanz gebunden, sprach vom Gesamtwerk des Georg Golz, und dieser wiederum betrat den hell erleuchteten Saal hinter den drei blank geputzten Schaufenstern erst, als der Kurator das Mikrofon und das Wort schon ergriffen hatte und sich suchend nach dem Künstler umsah und diejenigen, die noch draußen waren, hereinwinkte. Mit sicherem Gefühl für den richtigen Moment schritt Georg, mich, seine alte, scheu in ihre Rauchwolke gehüllte Freundin, gar nicht wahrnehmend, an mir vorüber durch die Tür, schob einige der bereits um den Kurator versammelten Besucher beiseite und grinste – so siegessicher, dass jeder gleich wusste: Der ist es! Dieser schöne Mann ist der neue Stern am Westberliner Kunsthimmel.

Der Kurator redete nicht lange und reichte das Mikrofon dann an Georg weiter, der aber nur sagte: »Dies ist meine erste wirkliche Vernissage und somit etwas, das mir dort, wo ich aufgewachsen bin, nie möglich gewesen wäre.« Vielleicht wurde dieser Satz als ein ›Danke‹ verstanden, zumindest von einigen seiner Diplomaten-Fans.

Die vier oder fünf Räume der Galerie füllten sich erstaunlich schnell; immer mehr Menschen kamen hinzu, was sicher nicht allein daran lag, dass es am Buffet nicht das übliche Laugengebäck gab, sondern üppig belegte Kanapees und einen anscheinend unerschöpflichen Vorrat von einem ganz passablen Bordeaux, den sich ein paar Penner, die nichts anderes als die Flaschen auch nur eines Blickes würdigten, gegenseitig einschenkten, unablässig und ungehindert.

Georg trank keinen Wein; er hatte einen silbern glänzenden, russischen Flachmann dabei, aus dem er, leutselig und dennoch gelassen mal hier-, mal dorthin parlierend, gelegentlich einen Schluck nahm. In seinem nicht wirklich herbstkompatiblen Leinenanzug, der nach Understatement aussah, doch auch nach einem Sommerschlussverkaufsschnäppchen, und der ihm wie maßgeschneidert passte, aber nicht stand, wirkte Georg, als ob er den Ostler, der er ja war, nur spiele. – Das ist eine Rolle, dachte ich. Aber wickelt er sich in sie hinein oder aus ihr heraus? – Sein Auftreten, sein gesamtes, hinter den lockeren Posen kaum merklich verkrampftes Gehabe, hatte etwas Irritierendes, das ihm seltsamerweise dennoch zugutekam; nicht allzu offensichtlich machte es ihm Mühe, sich so darzustellen, als gebe er sich keine Mühe, und das wiederum hatte, wie eine der Damen neben mir, eine mit Hochfrisur und Perlenkette, ihrer ähnlich aufgebrezelten Begleiterin anvertraute: »rührend viel Charme«.

Unter etwa zwanzig der für heutige Verhältnisse wohlfeilen Werke klebte schon vor der offiziellen Eröffnung je ein roter Punkt. Die Diplomaten, die Georgs Arbeiten in den Westen gebracht und dafür mit ihm, sicher nicht mit dem Galeristen, womöglich noch günstigere Preise ausgehandelt hatten, wollten ihrer jüngsten Dissidentenkünstlerentdeckung vermutlich auch auf die Art zu einem gelungenen Start verhelfen; und das, und der melancholische Reiz, der von Georgs Aquarellen ausging, wirkte. Binnen weniger Stunden waren nahezu alle Bilder mit Punkten versehen, also verkauft. Georg musste sich echt zusammenreißen, um weiterhin coole Miene zu bewahren, doch innerlich, da war und bin ich mir sicher, schnappte er fast über vor Stolz und Freude.

Nach Mitternacht, die meisten Besucher waren bereits gegangen, verkündete Georg, dass er jetzt ein Bier brauche. Wer Lust habe, mit ihm zu feiern, sei eingeladen.

Die schließzeitlose Kneipe, in die es ihn zog, hieß Zum Leguan und befand sich nur zweihundert Meter weiter weg, an der nächsten Straßenecke, auf der rechten Seite.

Das nun war meine Gelegenheit, mich Georg doch noch in Erinnerung zu bringen. Ich wusste ja nicht, ob er mich vor lauter Aufregung nicht wahrgenommen oder mutwillig übersehen hatte. Und wirklich, kaum saßen wir beim ersten Bier, da gelang es mir auch schon, seinen Blick zu fangen. Sicher, er brauchte einen Moment, bis er mich erkannte, bis ihm der mit mir verbundene Teil seines Lebens, der, den er heute so bravourös hinter sich gelassen hatte, wieder einfiel; doch dann schnellte er hoch, öffnete seine Arme ganz weit, beugte sich zu mir herüber, zog mich an sich und gab mir einen herzhaften, bierfeuchten Kuss auf den Mund.

Das hatte er noch nie getan. Ich war glücklich, ebenso glücklich wie er, wenngleich aus anderen, von seinen stark abweichenden Gründen. Mich be- oder entgeisterte nur der Kuss. Mit Georgs plötzlichem Erfolg hingegen kam ich nicht klar. Denn im Unterschied zu ihm war ich noch nicht richtig angekommen in dieser mir trotz der gemeinsamen Sprache fremden West-Welt. Ich hatte mich, um nicht sofort wieder einem Broterwerb nachgehen zu müssen, erst mal krankschreiben lassen. Aber selbst der Arzt, ein schon vor Jahren übergesiedelter, in unseren Kreisen legendärer Sachse, der nahezu alle *Frischlinge* behandelte, ganz besonders schonend, also nur pro forma, und auch mir, wiewohl ich kerngesund war, ein Attest fürs Arbeitsamt ausgestellt und es mehrfach verlängert hatte, fragte immer wieder, ob ich nicht bei ihm »anheuern« wolle, sobald ich »zeitlich, räumlich und örtlich einigermaßen orientiert sei«.

Georg stürzte schnell etliche »Schultheiß mit Kompott«, wie er die von ihm favorisierten Pils-Kirschlikör-Gedecke nannte, hinunter und übernahm, als seine Diplomatenkumpel zu gähnen begannen, die gesamte Rechnung, die ihm natürlich niemand ernsthaft streitig zu machen versuchte. Er überredete den mürrischen, müden Leguan-Wirt, der bereits dabei war, die Tische abzuwischen, ihm mal eben noch den Flachmann neu zu betanken, und erklärte dann, dass er auf dem Weg zur U-Bahn einen letzten, kurzen Blick in die Galerie werfen wolle.

Es war vier Uhr früh, als wir die Kneipe verließen. Die vier Diplomaten, die bis zum Schluss durchgehalten hatten, entschwanden mit je einem der Taxis, die von irgendwem, wahrscheinlich dem Wirt, eigens für sie herbeitelefoniert worden waren, nach Dahlem oder in sonst welche besseren Gegenden der morgendlich dunklen, wie unbewohnt wirkenden Stadt.

Außer mir begleitete Georg nur Irma, eine hübsche Frau mit grünen Augen und vollen roten Lippen, die fast nichts getrunken, ihn aber die ganze Zeit über angehimmelt hatte. Kein Mensch begegnete uns und kaum einmal ein Auto, und wenn wir nicht aus der Ferne, einer ziemlich nahen Ferne allerdings, diese eigentümlichen, dumpf schwingenden Töne gehört hätten, in meinen Ohren klangen sie eher klagend als bedrohlich, etwa wie Kinderplärren, wäre es vollkommen still gewesen. Doch so war uns, trotz der zu dieser Stunde noch herrschenden Finsternis, sehr bald klar: Irgendetwas stimmte hier nicht. Aber was?

Georg beschleunigte seinen Schritt, auch wir beiden Frauen wurden schneller. Und dann sahen wir die Bescherung, die uns das – wie mir nun schien, schwächer und schwächer werdende – Gejaule der galerieinternen Alarmanlage ja schon angekündigt hatte.

In einer der drei Schaufensterscheiben klaffte ein riesiges, von Zacken gerahmtes Loch, der Bordsteig war mit Glassplittern übersät, und drinnen, an den weißen Wänden des Galerie-Foyers, die, obgleich kein Licht brannte, seltsamerweise heller wirkten als die Welt draußen, befand sich nichts – oder nichts mehr – außer diesen Schildchen, auf denen, neben dem jeweiligen Bildtitel, ein fetter roter Punkt klebte.

Nie werde ich Georgs Gesichtsausdruck vergessen, der sich binnen eines Sekundenbruchteils verwandelte; eine unsichtbare, vielleicht ja überirdische Hand löschte den vorherigen selig-trunkenen für immer und ersetzte ihn durch einen ungläubig staunenden. Georg krümmte sich in den Raum hinein und verharrte – wie versteinert, mit erloschenem Blick, nein, eigentlich blicklos. Auch wir beiden Frauen froren ein.

Bis wir uns wieder regen konnten, dehnte sich die Zeit, die nun, so jedenfalls kam es mir vor, allein der Rhythmus meines Herzschlags fragmentierte. Irgendwann streckte Irma die Hand nach Georg aus, zog sie aber gleich zurück, als stünde er unter Strom, weshalb es gefährlich wäre, ihn zu berühren. Schließlich, nach wer weiß wie vielen Minuten, stieg Georg, mit einem seiner Hosenbeine an einem Glaszacken hängen bleibend und sich wieder losreißend, über den Rand des Lochs in die Galerie und wir zwei Frauen ihm nach. Jeder der Räume, durch die wir stürzten – wie durch ein brennendes Haus, aus dem wir noch jemanden zu retten hofften –, war leer, einfach nur leer.

Und nie, niemals werde ich begreifen, warum ich Georg und auch diese Irma, deren Zigarette im Halbdunkel vor sich hin glomm wie das Hinterteil eines Leuchtkäfers, während jener schicksalsschweren Stunde klammheimlich verließ. Vielleicht dämmerte mir ja irgendwie, dass der bierselige Kuss und meine, im Vergleich zu dem, was eben passiert war, verschwindend kleine Wenigkeit, ihm von nun an gar nichts mehr bedeuten würden.

War ich dieser irrwitzigen Situation wirklich mit derart kaltem Kalkül entwichen? Oder hatte mich schlichtweg die Angst gepackt, die Angst vor der Pein des anderen, der mir doch eben noch so beneidens- und darum begehrenswert erschienen war? Rührte die Tatsache, dass ich mich einfach verpisst hatte, wirklich von jener tief sitzenden Feigheit her, die angesichts des Unglücks, gerade eines Menschen, den man zu mögen meint, funkenschlagartig zum Vorschein kommt und auflodert und nahezu jeden Zeugen eines solchen Unglücks in die Flucht schlägt, so, als sei Unglück *ansteckend*, im Sinne von Krankheit oder eben Feuer? Aber womöglich war und bin ich gar keine solche Pflaume, sondern mir nur mal wieder verdächtig – aus mangelnder Selbstkenntnis. Selbstkenntnis ungenügend, Selbsthass sehr gut, und Abmarsch!

Nichts konnte mich zurückhalten, nicht einmal die Neugier darauf, was Georg nun wohl tun würde.

Wie es weitergegangen war, an jenem Morgen und dem folgenden Tag, erfuhr ich krümelweise und nicht von Georg. Klar, jemand, womöglich eine mehrköpfige Bande, war eingebrochen, hatte all seine Bilder und damit sein ganzes bisheriges Leben gestohlen. Irma, nicht Georg, war zu einer Telefonzelle gelaufen und hatte die Polizei gerufen, die wiederum die Spurensicherung und den Galeristen verständigte. Es wurde ermittelt, wie es hieß in »verschiedene Richtungen«. Aber auch Wochen, Monate später war die Kripo noch keinen Schritt vorangekommen. Der oder die Täter blieben Phantome und konnten demzufolge nicht gestellt oder gar verurteilt werden.

Wenngleich ich davon ausging, dass es Georg egal war, warum ich ihn an jenem Morgen im Stich gelassen hatte, schämte ich mich doch zu sehr, um ihn zumindest mal anzurufen, ihn zu fragen, ob er Trost, Beistand, Hilfe brauche. Trotzdem wollte ich natürlich informiert sein; darum suchte ich die Nähe dieser Irma, die wiederum Georg nähergekommen war. Da er, wie sie es formulierte, »vom anderen Ufer Deutschlands« stammte und sein jäher Sturz aus den Wolken des Triumphs den Umgang mit ihm nicht gerade leichter machte, war sie fast schon froh über meine bohrend-besorgten, von Mal zu Mal indiskreteren Nachfragen.

»Du«, sagte sie, »bist auch ostsozialisiert und kennst ihn länger, aber besser hoffentlich nicht.«

Zwei Monate später war Irmas Liebe zu Georg erloschen, was mich nicht überraschte, denn sie war eine Frau, eine besonders attraktive sogar, und – wie die meisten Frauen, sobald sie feststellen, dass ihre Zuneigung keine Heilung bewirkt – zunehmend genervt von dem traurigen Mann.

»Ich weiß nicht«, jammerte sie, »was der überhaupt wollte. Wenn schon alles Schöne weg war, so plötzlich und unerklärlicherweise, womöglich ja wenigstens mich, als Trophäe oder als Balsam auf seine Wunden?! Er hat mich zu sich ins Bett gelegt wie ein Kind seinen Teddy. Und zunächst lief es auch noch ganz gut, allerdings nur nachts, also sexuell. Das war quasi Plüschtiermissbrauch. Auf die Art konnte Georg sich betäuben oder sich von mir betäuben lassen und sich oder mir oder uns beiden zeigen, dass, wenn er schon nicht malen konnte vor lauter Kummer, wenigstens sein anderer Pinsel noch funktionierte. Aber kaum war er mit mir und meiner Hingabe vertraut, da wurde ich ihm schon wieder gleichgültig, vielleicht gerade deswegen. Man nennt das die Macht der Gewohnheit, und genau die hat bewirkt, dass ich meine Macht als Droge so schnell verlor. Warum eigentlich? Bin ich aus Niederkrüchten oder aus Krauchenwies bei Blaubeuren?! Hab ich etwa seine Kunst gefressen oder Schuld am Zweiten Weltkrieg und an der Teilung Deutschlands?!«

Und dann erzählte sie mir, dass Georgs anfängliche Hoffnung, jemand oder etwas könnte doch noch Licht in diesen rätselhaften Bilderraub bringen, einer großen, umfassenden Ratlosigkeit gewichen sei.

Wie soll es bloß weitergehen, wird er sich gefragt haben nach jedem Tag, den er, wie den davor und den, der folgte, untätig verstreichen ließ, mit tiefer und tiefer bohrenden Zweifeln an sich und allem, was geschehen war und geschehen würde.

»Ehrlich, Asta«, sagte Irma in einem anderen, späteren Telefongespräch, »keiner, schon gar nicht ich, hat in der Hinsicht auch nur den Schimmer einer Ahnung.«

Ja, genau, das war und ist die Frage: Wie ging es weiter mit Georg. Ein paar Hinweise, vielleicht bloß Gerüchte, erreichten mich noch in Westberlin; und sogar später, ich lebte schon nicht mehr dort, hatte meine kleine Wohnung aber behalten und untervermietet, wurden mir noch drei Briefe nachgeschickt,

Briefe von Irma, die insgesamt einsamer zu sein schien, als ich es mir bei einer derart schönen und selbstbewussten Frau hatte vorstellen können.

Mit ihrem vierten und letzten Brief antwortete sie auf den einzigen, den ich ihr geschrieben und der eigentlich nur Geburtstagsgrüße und meine neuesten Koordinaten enthalten hatte. Trotzdem berichtete Irma mir lang und breit von Georg:

Die polizeilichen Ermittlungen wären ohne jedes Ergebnis zu den Akten gelegt worden und unser armer Künstler wäre ins Loch der schwarzen Schwermut gefallen. Alkohol, Haschisch, Verwahrlosung. Immerhin hätte er noch die Energie aufgebracht, sich Geld zusammenzuborgen und eine private Detektei zu engagieren. Aber auch die wäre komplett gescheitert. Daraufhin hätte er den Rat der wenigen ihm verbliebenen Freunde schließlich angenommen und sich in psychologische Behandlung begeben. »Und nun«, schrieb Irma, »ist er zumindest so weit stabilisiert, dass er wieder etwas arbeiten kann, freiberuflich, als Restaurator für Sammler, die ihm seine Gönner, diese Diplomaten, vermittelt haben, weil ihnen das, was passiert ist, unendlich leidtut.«

Als dann die Mauer fiel und die DDR der Bundesrepublik beitrat und eine Behörde etabliert wurde, die es den ehemaligen Bürgern dieses Staates ermöglichte, Einsicht in ihre Akten zu nehmen, soll Georg einer der Ersten gewesen sein, die von diesem

Recht Gebrauch machten. Das ist nur logisch, denn ganz sicher war ihm im Laufe der Zeit der Gedanke gekommen, dass womöglich die Stasi hinter dem Raub gesteckt hatte, und nun bot sich die Chance, zu erfahren, wohin seine Bilder, falls sie nicht längst vernichtet wären, verschleppt worden sind.

Doch wie mir mein Untermieter, ein Verflossener von Irma, während eines eigentlich aus anderen Gründen geführten Telefonats erzählte, hatte sich auch diese letzte Hoffnung nicht erfüllt. Die Aktenordner zum operativen Vorgang *Goldpfötchen*, es gab ihrer vierzehn, enthielten nicht den kleinsten Hinweis auf irgendwelche Ereignisse, die sich nach Georgs *Wohnsitzwechsel*, so hieß das im Politjargon des Westens, zugetragen hatten, sondern endeten mit dem Zollstempel unter seinem am Grenzübergang Berlin-Friedrichstraße verbliebenen *Laufzettel*. Und das war, wie ich weiß, obwohl ich meine Akten nie angefordert und eingesehen habe, ziemlich ungewöhnlich, denn meistens wurden die freigekauften oder aufgrund ihrer genehmigten Anträge entlassenen Dissidenten selbst nach ihrer Ausreise in die BRD weiter bespitzelt und von den Ergebnissen dieser Observationen ebenso sorgfältig Protokolle angefertigt wie zuvor, als sie noch drüben gewesen waren.

Der Einbruch in die Charlottenburger Galerie und das Schicksal der gestohlenen Bilder blieben also vollkommen mysteriös und womöglich des Malers Georg Golz' immer wiederkehrender Albtraum. Des Malers? Durfte Georg sich überhaupt noch so nennen? Malte er noch – oder wieder? Oder beschränkte er sich aufs Ausbessern fremder Werke? Da müsste er sich aber mit jedem Pinselstrich einen Stich ins Herz versetzt haben. Könnte er, Jahre später, diese wahrscheinlich verhängnisvollste Erfahrung seines Lebens und selbst die letzte Enttäuschung, die darüber, dass nicht mal seine Stasi-Akten irgendetwas Erhellendes enthielten, verwunden und doch wieder angefangen haben, eigene Bilder zu malen, gewissermaßen aus Notwehr, weil ihm das Restaurieren sonst womöglich den Rest gegeben hätte?

Und wenn ja, wie war er vorgegangen? Hatte er, das für immer Verlorene vor Augen, versucht, seine besten Arbeiten noch einmal zu erschaffen, sie aus dem Gedächtnis zu rekonstruieren und auf diese Weise sich, oder zumindest seinen Stil, zu kopieren? Oder hatte er ganz anders neu begonnen? Großformatig, abstrakt, wild, bunt, so, dass ihn, außer dem Prozess des Malens selbst, nichts mehr an seine früheren Bilder erinnerte und auch sonst niemand auf die Idee kommen konnte, der jetzige Georg Golz sei identisch mit jenem, von dem nicht einmal ein vergilbter Ausstellungskatalog existierte. Denn den hatte der blöde Charlottenburger Galerist ja nicht drucken lassen. Vielleicht war er knapp bei Kasse gewesen. Oder er hatte ein derart reges Interesse an einem völlig unbekannten Maler aus dem Osten einfach nicht erwartet.

Vielleicht hatte Georg, um zur Kunst zurückzukehren – seine Begabung immerhin wird ja nicht erloschen sein –, aber auch einen ihm bislang eher fremden Weg eingeschlagen. Schuf er nun Skulpturen? Hatte er die Fotografie für sich entdeckt? Webte er Gobelins? Entwarf und schreinerte er Möbel? Die Kunst, las ich einmal, sei für talentierte Menschen *die* Chance, ihrer Traumen Herr zu werden, jedes noch so schlimme Erlebnis auf Distanz zu bringen, es zu verwandeln, mitunter in etwas echt Großartiges.

Doch all diese späten und eher zufälligen Fragen betreffen lediglich die äußeren Parameter dessen, was Georg zugestoßen war, und die Antworten, die ich mir gebe, und sonst niemand, sind rein spekulativ, aber leider nicht spektakulär. Die Kernfrage ist eine andere: Wie lebt, reift und altert ein Mensch mit einer Geschichte von solcher Schwere, einer Geschichte, die er obendrein nur bis zur Hälfte kennt. Einer Geschichte? Nein, einem Rätsel, das sich weder lösen lässt noch von allein auflöst, womöglich nicht einmal dann, wenn dieser Mensch selbst sich längst aufgelöst hat. Und was bleibt von ihm? Ein mickriges Sparbuch, ein Sofa, ein Schrank – oder, wie bei mir, nur ein Koffer voller gebrauchter Klamotten, eine speckige Umhängetasche, ein paar Fotos, die man seltsamerweise auch Bilder nennen kann …

Jetzt komm mal wieder runter! Irritiert, sogar ein wenig erschrocken, weil sie nicht weiß, ob sie diesen Satz gedacht oder ob ihre innere Stimme ihn gesagt hat, lautlos, aber scharf, wie es deren Art ist, lässt Asta das Streichholz, das sie gerade an ihre nächste Zigarette halten wollte, in ihren Fingern abbrennen. Sie schnippt es weg, nimmt ein weiteres Hölzchen aus der Schachtel und gibt sich endlich Feuer – und wieder ohne hinzuschauen, denn immer noch gilt ihre ganze Aufmerksamkeit diesem Mann, der soeben sein Laptop schließt und, vom Informationstresen rutschend, mit dem linken Fuß nach seiner abgestürzten Flip-Flop-Sandale angelt.

Ist das nun Georg? Oder ist er es nicht? Warum geht sie nicht hin und fragt ihn, wie sein Leben seit damals, seit jenem einschneidenden Ereignis, verlaufen ist?

In Anbetracht seiner knusprigen Bräune und des feinen Zwirns, den er am Leibe trägt, womöglich ganz gut, denkt Asta. Vielleicht hat er ja der Kunst ade gesagt und komplett die Branche gewechselt. Ist er zum Betriebswirt mutiert oder zum Immobilienmakler oder einer wohlhabenden Frau in den Schoß gefallen?

Ich sollte dort drinnen nach einem öffentlichen PC suchen und an dem dann nach Georg Golz – oder mir ein Herz fassen, zu ihm gehen, mich direkt vor seine Nase stellen, kokett lächeln und sagen: Hallo Georg … Ein Herz fassen, wessen Herz denn? Etwas sagen? Auch das fällt mir immer schwerer. Und was, wenn er mich nicht erkennt?

Während Asta mit derlei nicht wirklich ernst gemeinten Überlegungen ringt, schnappt sich der Mann sein Notebook, schlendert hinüber zur nächsten Rolltreppe und entschwindet ins Untergeschoss, dorthin, wo die Fernzüge, die Regionalzüge und die S-Bahnen abfahren.

Asta ärgert sich noch darüber, dass sie diesen Mann, der, wie sie glaubt, Georg sein könnte, aus den Augen verloren hat – und auch über ihre Hemmungen, jemanden anzusprechen, die sie allmählich doch sehr verunsichern –, als ihr der Zufall die nächsten Karten hinhält, ziemlich dunkle allerdings. Aber natürlich erinnern sie die beiden in tintenblaue Burkas gehüllten Gestalten, die jetzt ihr Blickfeld kreuzen, nicht wirklich an Spielkarten, sondern an zwei Kolleginnen, erfahrene Krankenschwestern, mit denen sie vor achtzehn Jahren für einige Herbstwochen auf der Unfallstation des Bezirkshospitals von Djerba gearbeitet hatte.

Warum, fragt sich Asta, denke ich eigentlich kaum einmal an meine oder unsere Patienten? Weil der Kontakt zu ihnen, obwohl er physischer, ja, intimer Natur war, fast nie persönlich wurde, und nicht allein wegen der schwierigen Verständigung; sie waren, als Patienten versteht sich, auch nicht gerade *verschieden* – im Sinne von unterschiedlich, nicht in dem anderen. Ein Knochenbruch ist ein Knochenbruch, eine Blinddarmentzündung eine Blinddarmentzündung.

Die Galle in Zimmer drei, sagen wir, oder die Bauchspeicheldrüse am Fenster links. Das macht man uns gern zum Vorwurf. Wir würden, heißt es, den Menschen im Patienten gar nicht mehr wahrnehmen. Doch, könnte ich erwidern, eben den sehen wir, den Menschen, oder das Prinzip Mensch. Mensch war, ist und bleibt Mensch; sonst wäre die Medizin ja noch komplizierter, als sie es ohnehin schon ist. – Den nachhaltigsten Eindruck hinterlassen immer wieder die Kinder; die wirken, sogar wenn sie am ganzen Körper eitrige Wunden haben, viel appetitlicher als die Erwachsenen. Du beugst dich über sie, und ihre Kulleraugen schauen dich an, als wären es die deiner Kinder, ob du eigene Kinder hast oder nicht. Das weckt jedes Mal, aber womöglich auch nur bei uns Schwestern, einen gewissen Brutpflegeinstinkt, und gleich bist du weicher, freundlicher, bemühter. Die Kinder, meinst du, sind ohne Schuld; die haben noch alles vor sich, auch die Schuld natürlich. Die Alten vergisst du schnell – und nicht nur, weil sie dir meistens eh gleich wegsterben. Und daran, was für eine uralte Schildkröte du selbst bist, denkst du erst wieder, wenn du nach Feierabend endlich in deinem Bett liegst, wo du dann aber nicht einschlafen kannst, weil du das Gefühl hast, Gevatter Tod schleiche um dich herum und warte auf seine Chance.

Den beiden dort im Djerba-Hospital, falls ich mich nicht irre, hießen sie Helga und Petra, reichte es nicht, dass sie Krankenschwestern waren, also irgendwie schon Schwestern, nein, die wollten echte Schwestern sein, Schwestern im familiären Sinne. Am besten hätte es ihnen sicher gefallen, wenn sie als nahezu identisch ähnliche, eineiige Zwillinge geboren worden wären. Aber dass sie einander für wahlverwandte Seelen hielten, das konnte ihnen nicht mal die Natur verbieten; »und der, man würde ja sehen, wüssten sie schon noch ein Schnippchen zu schlagen«, orakelte Helga eines Tages am Hintereingang der Klinik, wo wir uns bei Schichtwechsel zum Rauchen trafen.

Wir anderen fanden diese Helga-Petra-Affenliebe absurd, denn dem Wesen und erst recht dem Äußeren nach hatten die beiden wenig gemeinsam. Doch das änderten sie, wie wir dann tatsächlich sahen, bereits eine Woche später – so gut es eben ging und auf die einfachste Art – und womöglich inspiriert von der Tatsache, dass die Patienten und selbst die Ärzte uns, wegen der weißen Kittel, die wir im Dienst zu tragen hatten, wie Soldaten ihre Uniform, ohnehin oft verwechselten.

Vermutlich war Helga diejenige gewesen, die den entscheidenden Einfall gehabt und die Burkas beschafft hatte, keine billigen Plastikteile, nein, tiefschwarze aus leichtem Wollstoff. Seither geisterten nicht nur die meisten Tunesierinnen, sondern auch unsere zwei Schwestern, wenn sie frei hatten, wie Nachtschatten und Gewitterwolke durch Djerba. Sie schworen, das beizubehalten, egal wohin ihr nächster Einsatz sie verschlagen sollte. Und als wir Helga während einer unserer Rauchpausen, einer, an der Petra ausnahmsweise mal nicht beteiligt war, spöttisch befragten, erklärte sie, in ebenso spöttischem Tonfall, ihr »Burka-Spleen« habe keine religiösen Motive. »Nein, wir sind nicht konvertiert, aus Jux oder so. Aber was nicht ist«, ergänzte sie lachend, »kann ja noch werden.«

»Klar«, höhnte daraufhin eine Kollegin aus dem Rheinland, deren erster Einsatz jener in Djerba war, »ihr seid konspirativ unterwegs, als Spioninnen des BND oder der CIA, und verdient euch so ein bisschen Taschengeld dazu. Doch Scherz beiseite, die wahre Ursache für eure Freude an diesen blickdichten Ganzkörperpräservativen liegt eh auf der Hand. Du, Helga, bist eine sehr schöne Frau, und Petra ist eine ziemlich hässliche.«

»Gut gebrüllt, Löwenäffchen«, erwiderte Helga schon eine Spur kleinlauter. Und dann meinte sie, die nordafrikanischen Männer hätten sie laufend angeglotzt und angebaggert, und einmal wäre sie nur ganz knapp einer Vergewaltigung entgangen. Aber in dem »Kohlensack«, ja, genau so nannte Helga die Burka im Kontext ihrer Rechtfertigungen, fühle sie sich geborgen. »Wenn ich mir den überwerfe«, fügte sie hinzu, »werde ich nicht wahrgenommen, vor allem nicht als eine der fremden weißen Catins aus dem Krankenhaus, auf die diese Mistkerle logischerweise rattenscharf sind.«

Gesagt, getan; von Stund an erblickte außerhalb der Klinik und der Schwesternunterkunft niemand mehr Helgas ebenmäßiges Gesicht, ihr langes, dichtes, weizenblondes Haar und ihre wohlproportionierte Gestalt. Und für Helgas Busenfreundin Petra, die etwa fünfzig war und dick und vorne brettflach, galt das genauso, glücklicherweise, denn Petra war wirklich – gewöhnungsbedürftig, denke ich mal. Sie hatte einen kurzen Hals, abstehende Ohren, dünne graubraune Löckchen, großporige, fettige Haut, Schweinsäuglein, eine Knollennase und ein schmallippiges, blasses Mündchen, das sich zwischen ihren Pausbacken fast verlor. Wie hätte sie Helgas Vorschlag, nur noch vollständig bedeckt in Djerba herumzustrolchen, da nicht begrüßen sollen?!

Keine der beiden, die eh zusammenhielten wie Pech und Schwefel, besuchte jemals wieder unverhüllt ein Restaurant, einen Basar oder das alte Kino, in dem rund um die Uhr diese arabisch untertitelten Bollywood-Movies liefen, nach denen Helga geradezu süchtig war. Und dass sie nun als *The Black Sisters* – den Spitznamen hatten sie sich redlich verdient – unterwegs waren, schützte sie nicht nur vor begehrlichen oder eben verächtlichen Blicken, sondern brachte ihnen auch die Sympathien der meisten unserer Patientinnen und ortsansässigen Hilfskräfte ein – und sogar Geschenke: bestickte Sofakissen, Mokkatässchen mit Goldornamenten, künstliche Blumen, gehäkelte Handschuhe … Weitere Burkas waren allerdings nicht dabei, aber vielleicht haben Helga und Petra uns die bloß nicht gezeigt.

Der Drehtür gegenüber, am Rande einer vergilbten Rasenfläche, sitzt, zwischen Brennnessel- und Löwenzahnstauden, eine schwarz-grau-getigerte Katze; sie hält den Kopf schief, hat die Augen geschlossen und tut so, als interessiere sie sich für nichts und niemanden. Dennoch fühlt sich Asta von ihr beachtet, ja, beobachtet. Ihr Katzen, denkt sie, seid auch keine Tiere, sondern Untiere, potenziell also was? Dreimal darfst du raten. Genau! Wenn es der Evolution oder einem höheren Wesen, möglich ist alles, demnächst in den Kram passt, euch auf die Hinterbeine zu stellen und euer Gehirn wachsen zu lassen, seid ihr bald ebenso gut und schlecht wie wir Menschen. Na los, mach dich aus dem Staub, du kleiner Strolch, und mir keinen Kummer; davon hatte ich schon genug, mit deiner Artgenossin, damals, in Tunesien.

Tunesien, eigentlich mochte ich das Land, habe ein Jahr nach meinem Einsatz in Djerba auch einmal meinen Urlaub dort verbracht. *Urlaub*, wieder so ein seltsames Wort; sobald ich versuche, es mir bildlich vorzustellen, sehe ich einen Waldboden voller fossiler Blätter. Da denke ich doch lieber: Ferien …

Ich reiste also in die Ferien, zusammen mit Kurt und an den von Betonburgen verbauten Strand eines Ortes namens Hammamet. Kurt hatte uns dort einen Bungalow gebucht, ein Last-Minute-Schnäppchen, weil, wie er sagte, »schon ein bissel ein Abenteuer dabei sein sollte«. Und Bingo! Dieser Bungalow befand sich im letzten, weitab vom Meer und dem riesigen Swimmingpool gelegenen Drittel eines eingezäunten, nein, ummauerten Touristengettos. Aber glücklicherweise hörte man dort, nahe der Grenze zu dem vermüllten, steppenartigen Areal, das hinter dieser Mauer begann, wenigstens nicht das allabendliche *Hands up, Baby, Hands up*-Gegröle der Animateure.

Der Österreicher Kurt, den ich 1990 während eines Kongresses der europäischen Hilfsorganisationen in Wien kennengelernt hatte, war eben kein großzügiger Wiener, ein großkotziger Schlawiner schon gar nicht, sondern ein ehrgeiziger Sozialwissenschaftler aus der Steiermark, der zu jener Zeit an der Wiener Universität promovierte und oft bis in die Nacht hinein nicht von seinem Schreibtisch wegkam, egal ob ich gerade zu Besuch war oder nicht. Deshalb nannte ich meinen Steirer, als unser Verhältnis bereits eine Weile bestand – na ja, *bestand* trifft es nicht ganz, denn wir sahen einander ziemlich selten –, manchmal auch den *Eisernen Hintern*, aber nur bei mir und niemals, wenn ich ihn ansprach.

Es waren unsere zweiten gemeinsamen Ferien, die ersten hatten wir auf der griechischen Insel Lesbos verbracht. Da war es schön gewesen – und so friedlich. Ich hatte bloß ein paar Spinnen erschlagen und die Geckos vertreiben müssen, denen diese Spinnen sicher prima geschmeckt hätten, doch das hatte Kurt ja nicht einsehen wollen. Außer Ameisen, die, wie er sagte, wegen ihres gut organisierten Staatswesens seiner Hochachtung sicher sein könnten, solange sie nicht auf die Idee kämen, durch seine Wohnung zu laufen, waren ihm alle nicht menschlichen Kreaturen suspekt, besonders die »richtigen Tiere«; meinen Einwand, dass es keine falschen gebe, ließ er nicht gelten. – Und zu den *richtigen* Tieren gehöre, abgesehen von Ameisen und vielleicht noch Bienen, jede irdische Gattung, die der Wale ebenso wie die der Milben.

Am meisten verabscheute Kurt die gefiederte und die haarige Fauna. Gegen Vögel, Pferde, Hunde, Katzen, meinte er, sei er »erwiesenermaßen allergisch«, aber auch Spinnen, und die waren in unserem Quartier auf Lesbos massenhaft vorgekommen, und die smaragdgrünen, knopfäugigen Geckos, die aussahen, als lächelten sie, seien ihm grauslig. – Und *grauslig* war eines seiner Lieblingswörter.

Vier oder fünf dieser anmutigen, scheuen Reptilien hatten im Jalousiekasten über dem Fenster gehaust und waren durch die beiden Öffnungen für die Regulierungsgurte aus und ein geschlüpft. Anfangs, später nicht mehr, denn es galt ja *Maßnahmen zu ergreifen*, hatten sie, vorzugsweise wenn es dunkel wurde, mit ihren tollen Haftfüßchen an der Zimmerdecke oder an den Wänden geklebt und den Fliegen, Motten und Moskitos aufgelauert; nur darum und nur dabei hatte ich Gelegenheit gehabt, sie etwas genauer zu betrachten.

Doch schon am Morgen unseres dritten Ferientages hatte Kurt rumgemosert, solange er fürchten müsse, dass diese Geckos, Klebfüße hin oder her, womöglich den Halt verlieren und ihm aufs Gesicht fallen könnten, bekäme er kein Auge zu, weder nachts noch tagsüber. »Asta«, rief er, »mach sie weg, die Biester! Du bist Krankenschwester. Du ekelst dich nicht.«

Und ich Weichei fügte mich und verstopfte die beiden Löcher dort oben mit Zeitungspapier. Und ja, es kam so, wie Kurt es gewollt hatte. Bis wir abreisten, ließ sich kein einziger Gecko mehr blicken; und ich hoffte bang, die drollige Bande möge einen Fluchtweg gefunden haben und nicht jämmerlich verreckt sein in dem Jalousiekastengefängnis, das ich ihnen geschaffen hatte – und nicht mal aus Liebe zu Kurt …

Als wir, nach dem verspäteten Flug ab Wien und der Busfahrt ab Tunis, Hammamet-Yasmine erreichten, waren wir von dem künstlichen Ambiente der gesamten Gegend, der Anlage, in der wir nun vier Wochen bleiben sollten, der dürftigen Ausstattung unseres Bungalows und der Tatsache, dass es keine Kochnische, sondern nur einen Speisesaal mit festen Essenszeiten gab, derart enttäuscht, dass wir, zumal wir die Spätfütterung eh verpasst hatten, bloß schnell unsere Koffer aufs Bett warfen, ein Taxi zum Hafen nahmen und uns im erstbesten Restaurant einen Tisch unter freiem Himmel suchten.

»Willst du noch was von dem Couscous«, fragte Kurt.

»Iss dein Kotzkotz mal schön alleine!«, antwortete ich pampig. Ich dachte daran, einfach weg- und woanders hinzugehen, ohne ihn. Aber ich hatte Durst, einen gewaltigen Appetit auf Alkohol, der dann auch kam, in Gestalt einer Karaffe Anisschnaps, und der wiederum bewirkte, dass meine Streitlust Gläschen für Gläschen größer wurde, nun, da die Sonne baden ging und die Macht über das Meer an den Mond und dessen Claqueure, die Sterne, abtrat, was ich von meinem Platz aus jedoch nur sehen konnte, wenn ich mich umdrehte. Kurt hatte ja die Pergola im Rücken, also ein weites Blickfeld. Mir hingegen blieb, seit nicht mal mehr die eine oder andere Eidechse zwischen den Clematis-Ranken umherhuschte, nichts weiter übrig, als ihn ins Auge zu fassen, Kurt, den

Eisernen Hintern, der ungerührt von meiner miesen Laune Couscous in sich reinschaufelte.

»Nun zieh nicht so ein Gesicht. Unsere Sommerfrische hat doch gerade erst begonnen«, versuchte er mich zu beschwichtigen. – *Sommerfrische*, dies altbacken-österreichische Wort, und solcher Wörter bediente er sich gern, machte mich, wie er wohl wusste, noch wütender, zumal es hier, selbst jetzt, am Abend und nahe dem Wasser, kein bisschen frisch, sondern beklemmend schwül war. – Kurt mochte die Wärme, die Hitze sogar, ich nicht. Bei Temperaturen über achtundzwanzig Grad fühle ich mich schlapp, fast schon krank. Aber ich hatte ja selbst Schuld und, davon abgesehen, diesen Trip bezahlt. »Nimm was Preiswertes!«, hatte ich Kurt durchs Telefon zugerufen …

Für Lesbos hatten wir uns die Kosten noch geteilt. Wir hatten bei freundlichen Gastgebern, einer Lehrerin und einem Ingenieur, ein hübsches Studio direkt am Strand bewohnt. Wir hatten im Dorf einkaufen, uns selbst etwas brutzeln und ausschlafen können. Wir hatten uns, trotz der Sache mit den Geckos, gut verstanden und waren einander gelegentlich wieder nahegekommen, auch wenn ich da schon kaum noch in Kurt verliebt gewesen war.

Kaum verliebt, das war ich öfter gewesen. Und das hatte mir genügt, wahrscheinlich, weil ich Liebeskummer, den ich – bis auf das eine, womöglich auch nur eingebildete Mal, wegen Georg – eigentlich gar nicht kannte, mehr fürchtete als alles andere; *diesem* Kummer oder Schmerz oder Elend einigermaßen souverän zu begegnen war mir nie gelungen, bei keiner meiner Freundinnen und Kolleginnen. Doch die Vorstellung, selbst unter Liebeskummer leiden zu müssen, etwa so schwerem wie jenem, von dem Tamara erzählt hatte, ängstigte mich maßlos – und macht mich jetzt noch schaudern, obwohl ich ja längst raus bin aus der Partie.

Wie war es weitergegangen in dieser ersten Nacht? Hatten wir tatsächlich einen richtig bösen Krach gehabt und uns für einige Stunden getrennt? Waren wir am Ende trotzdem gemeinsam zurückgekehrt zu unserer Hundehütte hinter der Mauer? Oder jeder für sich? Im Taxi oder zu Fuß? Ich konnte und kann mich nicht erinnern; ich hatte ja sogar vergessen, was Kurt mir darüber erzählte – am nächsten Tag – beim Mittagessen; das Frühstück hatten wir verpennt.

Gut, der Strand entsprach unseren Erwartungen, er war breit und weißsandig, der Himmel wolkenlos blau. Die Sonne über uns stand schon nicht mehr im Zenit, und vom Meer her wehte ein zartes Lüftchen. Kurt lag den restlichen Tag lang reglos wie ein Stück platt geplättetes Packpapier neben dem uns zugewiesenen, rundum mit Palmblättern bedeckten Schirm, den wir auch gleich gefunden hatten, weil dessen Nummer, die 356, mit der unseres Bungalows identisch war, und ich saß drunter, las und trank jede Menge pisswarmer Zitronenlimonade, um den Kater zu vertreiben, den ich mir im Tausch gegen den Anisschnaps eingehandelt hatte.

Aber die reale Katze, die, als wir vom Strand zurückgekehrt waren, schreiend die Fußmatte vor unserer Hütte malträtierte, die ließ sich nicht vertreiben. Da mochte Kurt sich noch so sehr ereifern und lautstark Maßnahmen fordern.

Jene Katze damals hatte auch schwarz-grau getigertes Fell, wie die dort drüben, die sich jetzt tatsächlich trollt, vielleicht aus Eifersucht auf die andere. Doch im Unterschied zu dieser Flughafenkatze war die Katze in Hammamet-Yasmine hochschwanger gewesen; das hatte ich, weil das ansonsten rappeldürre Ding so einen unverschämt dicken Bauch gehabt hatte, gleich bemerkt.

»Hau ab!«, fauchte Kurt. Und ich war mir für den Bruchteil einer Sekunde nicht sicher, meinte er die Katze oder mich? Aber natürlich sollte die Katze verschwinden – und ich dafür sorgen, dass es geschah. »Die hat Hunger«, sagte ich, »und außerdem bekommt sie bald Junge.«

»Und was ist mit mir?! Wenn du das Mistviech auch nur einmal zu uns hereinlässt, kriege ich Schnupfen, Ausschlag, Atemnot.«

Kurt gebärdete sich komplett hysterisch, sprang von einem Fuß auf den anderen und dann rückwärts und rief der Katze, die ihn verwundert anschaute, über die Schulter zu: »Husch, husch! Zieh Leine, du böse Filzkugel!«

Filzkugel gefiel mir – und das Tierchen, das seinen Namen jetzt immerhin schon mal weghatte, noch besser. Um des lieben Friedens willen ergriff ich Filzkugel, die sich nicht sträubte, ja, sogar zu schnurren begann, und setzte sie drei Bungalows weiter wieder ab. Sollte sie ihr Bettelglück doch dort versuchen.

Nachdem er sich vergewissert hatte, dass die Katze nicht mehr in seiner unmittelbaren Nähe war, schloss Kurt unsere Hütte auf und zog eine Jeans, ein frisches Hemd und ein Sakko an.

»Wasch dir, ehe du mich irgendwo berührst, erst mal die Hände. Und dann lass uns essen gehen«, sagte er, so kalt, dass selbst ich mir eine Strickjacke überwarf.

Auch die in Aluminiumschalen aneinandergereihten Salate, Gemüse, Fleisch- und Fischhappen, Soßen, Salzkartoffeln und Nudeln waren kalt, jedenfalls kälter als die stickige Luft unter den Neonröhren, die ihr gnadenlos grelles Licht von der braun gestrichenen Kassettendecke hinabwarfen auf die am Buffet anstehende, meterlange Gästeschlange und auf die Resopal-Tische, um die herum halb nackte Familien saßen und lautstark mit- und durcheinander sprachen, Niederländisch, Englisch und vor allem Deutsch.

Neben den Desserts, wenn man die matschigen Puddings und angetrockneten Cremeschnitten so nennen konnte, da, wo das Buffet zu Ende war, verharrte in demütiger Haltung ein ebenso unsicher wie erwartungsvoll unter seiner Kochmütze hervorblickender, etwa fünfzigjähriger Mann, den ich sofort mochte. Er, daran bestand kein Zweifel, hatte diesen ganzen Schlangenfraß zu verantworten – und hoffte doch auf ein Kopfnicken, einen Gruß, ein Dankeschön womöglich, und sei es nur aus Höflichkeit dahingemurmelt. Vielleicht wusste der Mann ja, dass sein Essen nichts taugte – und war dennoch stolz, weil er sich alle Mühe gegeben und quasi Klimmzüge gemacht hatte am Horizont seiner Fähigkeiten. Nein, ein Meister seiner Zunft war er sicher nicht, aber leidlich guter Durchschnitt, jedenfalls gut genug für den Durchschnitt, den es hier abzufüttern galt. Und er brauchte diesen Knochenjob, denn wenn die Saison vorbei wäre, stünde er wieder ohne einen solchen da. Vermutlich hatte man ihn gerade erst engagiert und er einen derartigen Massenbetrieb bisher gar nicht gekannt. Ein Gast, der nicht einfach so an ihm vorüberginge, ja, vielleicht sogar mal ein lobendes Wort fallen ließe, würde ihm schon helfen, all das durchzuhalten, und hoffentlich auch dem leitenden Hotel-Manager auffallen.

Also ging ich nach dem Essen und noch vor der Zigarette, von der ich meinte, dass ich sie jetzt dringend nötig hätte, hinüber zu diesem Chefkoch.

»Ihr Gazpacho und die gefüllten Paprika waren wirklich deliziös«, log ich.

Oh, welch ein Glanz erhellte da sein Gesicht; es war, als hätten meine Worte einen Schalter betätigt und nun würden die in seinen schwarzen Pupillen verborgenen Glühlämpchen endlich mal mit Strom versorgt!

Womöglich glaubte mir der Mann sogar, verstanden hatte er mich aber zweifellos, denn er antwortete auf Deutsch: »Ja, Madame, die Peperoni, die sind altes Familiengeheimnis.«

»Rezept«, verbesserte ich ihn, »Sie meinen Familienrezept.«

Darauf er: »Nein, Geheimnis. Ich habe viele Geheimnisse.«

Ich musste lachen, das erste Mal, seit ich mich in diesem Holiday-Slum befand. »Asta«, sagte ich und hielt ihm meine Hand hin; »Imad«, sagte er und griff zu.

So begann meine Freundschaft mit diesem tunesischen Koch; sie war kurz und, wie Freundschaften meistens, vergleichsweise schmerzlos. Unter anderen Umständen wäre eventuell mehr daraus geworden – oder weniger, wie man es nimmt; mir gilt die Liebe als weniger. – Köche, egal ob gute oder schlechte, hatten irgendetwas an sich, was mich schwachmachte, und Imad war im Unterschied zu Kurt Eisenarsch nicht neurotisch und nicht zu jung für mich.

Hatte Kurt sich noch ein Tellerchen Süßes geholt und die Szene, die sich zwischen mir und dem Koch abspielte, beobachtet oder nicht? Ich sah mich um. Kein Kurt nirgends. War er womöglich ein wenig eifersüchtig geworden und schon vorausgegangen?

Nein, er stand vor dem Speisesaal, rauchte und jammerte: »Da bist du ja endlich. Während ich mich hier zu Tode warte, zerlegt das räudige Miststück sicher gerade unsere Kokosmatte.«

»Die blöde Matte«, sagte ich, »gehört uns doch gar nicht. Und du bist ein Waschlappen.«

Filzkugel aber war eine intelligente Katze oder auch nur eine erfahrene. Irgendwie wusste sie, dass ich ihr gewogen und Konspiration die Taktik war, die den meisten Erfolg versprach; vor unserer Hütte saß sie jedenfalls nicht.

Kurt legte sich sogleich ins Bett und leerte dort, weil er sich, wie er sagte, beruhigen müsse, fast allein eine Flasche Rotwein.

Als er tief und fest schlief und ich noch einmal aufstand und die Tür öffnete, leuchteten mir aus einer Hibiskus-Hecke phosphorgrüne Ellipsen entgegen. »Miez, Miez«, lockte ich; und Filzkugel kam und strich schnurrend um meine Beine, so lange, bis ich die Tranche Bratfisch, die ich vom Buffet gemopst und in einer Papierserviette verwahrt hatte, auswickelte und fallen ließ. Sie fraß jedoch nicht an Ort und Stelle, sondern nahm das Stück Fisch behutsam zwischen die Zähne, schüttelte es wie eine Maus, der es das Genick zu brechen galt, und verschwand wieder im Gebüsch.

Und gerade so hielten wir es nun regelmäßig, die Katze und ich. Ich schulterte Abend für Abend meine Umhängetasche, eine Plastiktüte hätte womöglich Kurts Verdacht erregt, stahl mich während des Essens noch einmal vom Tisch weg zu den Fisch- oder Fleischbehältern, verpackte flink ein paar schöne Happen und ließ sie in meine Tasche gleiten. Wenn wir dann zurück waren und Kurt schlief, schlich ich mich hinaus, öffnete die Tasche, pulte das durchgeweichte Papier von dem Futter, das ich für Filzkugel gebunkert hatte, und rief sie leise. Was nicht nötig gewesen wäre; denn nach zwei, drei Tagen wusste Filzkugel schon, wann ungefähr es Fressen gab. Wir waren quasi verabredet: Die Tür knarrte, ich erschien, und sie kam angelaufen, den dünnen Schwanz in die Höhe reckend, auf unhörbaren Pfoten und ohne ein einziges Miau.

Es gefiel mir, Kurt so zu hintergehen, heimlich verbündet zu sein mit einer Katze, die er hasste, und einem Mann, den ich mochte, dem tunesischen Koch, dem wahrscheinlich unbegabtesten, aber sympathischsten von ganz Nordafrika. Darum lief ich, sobald ich die Katze versorgt hatte, oft noch zum Speisesaal, an dessen Richtung Meer gelegener Rückseite sich die Bungalows des Personals befanden.

Fast jede Nacht sah ich Imad auf den Stufen der Holztreppe vor seinem Quartier hocken, rauchend, ein kaltes Bier trinkend.

»Da bist du ja, Asta la vista«, sagte er, wenn ich ihm dann gegenüberstand, und erhob sich und klemmte sich den Sektkühler, in dem, zwischen Eiswürfeln, drei weitere Bierflaschen steckten, unter den einen Arm, den anderen legte er um meine Taille. Wir schlenderten hinunter zum Meer, zu einem abseits vom Badestrand gelegenen Bootssteg, ließen uns nieder, schauten übers Wasser und leerten, meist schweigend, unsere Flaschen, er seine zweite, ich meine beiden.

Kurt bemerkte nichts, weder dass ich entschwunden war, noch dass ich, etwa eine Stunde später, zu ihm ins Bett zurückgekrochen kam. Und vor zehn Uhr morgens wurde er eh nicht wach, nie, außer ein einziges Mal.

In jener Nacht, die diesem einen Mal vorausgegangen war, hatte Imad nicht mit Bier auf mich gewartet, sondern mit zwei Flaschen Vignerons de Carthage Magon Majus Gran Vin de Mornag.

»Das«, sagte er, »ist ganz großes Geheimnis und der beste Rotwein Tunesiens. Den habe ich dabei, weil wir heute meinen Geburtstag feiern.«

Der Himmel über uns war voller Sterne und der Wein sehr gut. Ich lehnte meinen Kopf an Imads

Schulter, und er tätschelte mir die Wange, küsste mich aber nicht. Was ich jedoch nicht als Affront verstand, nein, ich hielt es für Respekt, Respekt gegenüber einer Ausländerin, die nicht allein in sein Land gekommen war und es, sobald ihre Ferien zu Ende wären, wieder verlassen würde. – Ich hatte ihm nicht erzählt, dass ich Djerba und das dortige Krankenhaus recht gut kannte, und überhaupt wenig von mir gesprochen.

Diesmal saßen wir lange beieinander, länger als sonst; Imads edler Tropfen wollte mit Verstand getrunken werden, und es waren immerhin zwei Flaschen, eine pro Nase, wenn Imad ebenso gierig gewesen wäre wie ich.

Als wir uns verabschiedeten, erhob sich die Sonne bereits aus dem Meer. Ich schwankte nicht, war aber wohl doch ziemlich blau und müde und entsprechend nachlässig. Ich wollte bloß noch schlafen.

Dass es Filzkugel gelungen war, neben mir in unseren Bungalow zu huschen, bemerkte ich erst, als Kurt schreiend, strampelnd, niesend hoch- und dann mich anfuhr: »Wann hast du die Scheißkatze reingelassen? Was erlaubt ihr euch? Willst du mich umbringen?!«

Offenbar hatte Filzkugel nicht nur die Hütte, sondern irgendwann auch noch unser Bett erobert und sich nicht etwa bei mir, ihrer schnarchenden Gönnerin, ein Plätzchen gesucht. Nein, sie hatte sich in aller Unschuld, oder mutwillig, auf dem leise atmenden

Kurt zusammengerollt, bis der, von ihrem Schnurren oder meinem Schnarchen, ausnahmsweise eben doch erwachte.

Klar, ich, wer sonst, musste das Tierchen packen und vor die Tür setzen. Aber damit war die Sache nicht erledigt. Oh nein, es gab einen heftigen Disput, bei dem ich natürlich verschwieg, dass ich ahnte, wie es zu diesem, für Kurt »ungeheuerlichen Vorfall« gekommen war. Kurts Unterstellung, ich hätte Filzkugel absichtlich hereingelockt, weil ich ihn testen oder ärgern wollte, nahm ich allerdings nicht hin. Und so gab ein Wort das andere, und schließlich erklärte ich kategorisch, dass es unmenschlich sei, eine schwangere Katze nicht zu füttern, selbstverständlich immer schön weit weg von dem panischen Allergiker, mit dem ich gerade eine der miesesten Zeiten meines Lebens verbringen müsse.

Der wiederum drohte mir: »Wenn ich innerhalb unseres Bungalows noch einmal dieser oder einer anderen Katze begegnen sollte, werde ich jemanden finden, der sie gegen Bezahlung ersäuft.«

Das hätte er besser nicht gesagt! Nun hing der Haussegen vollends schief.

Wohl gingen wir noch hinunter ans Wasser und zum Essen, aber jeder für sich. Ich war ja nie sehr gesprächig gewesen, doch jetzt mochte ich gar nicht mehr mit Kurt reden oder ihn auch nur anschauen, bis, ja, bis wieder etwas geschah.

Wir waren den fünften Tag in Hammamet-Yasmine und hatten uns, wie bisher eigentlich immer, gleich nach dem Frühstück an den Strand begeben. Kurt lag unter dem Sonnenschirm, ich saß und las. Aber das Meer rauschte heute lauter als sonst; eine ungewöhnlich steife Brise wehte von den näheren und selbst den ferneren Fressbuden ätzenden Frittieröl-Gestank herüber. Links neben uns betrieben einige Event-Manager unseres Feriendorfes oder andere, vielleicht mit einem der Animateure, Rezeptionisten oder Gärtner verschwägerte Tunesier ein einträgliches Geschäft. Sie ließen für vierzig Dinar, zehn Dollar oder zwanzig D-Mark pro Nase und Drittelstunde an einem fallschirmartigen, bunten Gebilde Touristen übers Meer schweben. – Heute findet diese Maßnahme wider die Langeweile, die korrekt Parasailing heißt, in jeder verdammten Touristen-Gegend statt, doch damals war das, denke ich, noch ziemlich neu.

Kurt konnte diesem »Schauspiel«, wie er dazu sagte, ewig folgen, hatte vermutlich sogar Lust, sich auch einmal auf diese Art zu vergnügen. Mir jedoch war, wenn ich den Blick hob, weil einer oder eine der Fliegenden besonders schrill jubilierte, irgendwie mulmig zumute.

Es gab nur einen solchen Schirm; und bevor es losging, wurde der Kunde – es waren ja meistens Männer – festgezurrt in einem durch diverse Schnüre mit dem Schirm verbundenen Gurtgeschirr. Daneben verliefen auf beiden Seiten dicke Taue, das linke war mit blauem Isolierband umwickelt, das rechte mit rotem; an dem roten sollte der im Sitzgestell befindliche Mensch, wie ihm gezeigt wurde, kräftig reißen, sobald das kleine, wendige Motorboot, das ihn samt Schirm übers Meer hinauf- und die Küste entlanggezogen hatte, wieder zum Ufer zurückgekehrt war.

Für Start und Landung hatten die Betreiber ein Stück Strand abgesteckt, auf dem deren Bude stand und ansonsten nur noch der jeweils nächste Kunde, den sie hier französisch-fein *Pilote* nannten. Dieser eine bunte Parasailing-Schirm war pausenlos in Betrieb und die Warteliste lang und bisher alles gut gegangen. Doch die Stunde, in der es dann mal ganz anders kam, die schlug schließlich auch.

Ich würde mich belügen, wenn ich mir einreden wollte, ich hätte vorausgeahnt, was geschehen sollte, ja, geschehen musste, möglicherweise, weil die Tunesier nur Dollarzeichen in den Augen gehabt, das Unvorhersehbare, das der menschlichen Natur entspricht, jedoch nicht bedacht hatten. Kannten sie keine Furcht oder waren sie für dieses Gefühl einfach nicht fantasiebegabt genug? Hielten sie Touristen für nichts weiter als kleine, unbedeutende Rädchen in einer ihnen wahrlich nutzbringenden Technik, die sie ersonnen und entwickelt hatten und der sie deshalb selbstherrlich, also blind, vertrauten? – Ich wusste und weiß es nicht.

Der Gesichtsausdruck der jungen, dicken Deutschen, die an jenem Tag so gegen elf Uhr vor die Bude der Parasailing-Veranstalter geschoben wurde, war skeptisch, oder eher bang, und ihr Unwillen wirkte nicht gespielt, sondern echt. Aber die Dicke konnte schlecht kneifen, denn sie hatte diesen Flug übers Meer geschenkt bekommen, von ihrer Clique, die sie johlend umringte und erwartete, den »Feigling«, genau so hatte einer ihrer fiesen Freunde sie genannt, gleich mal aufsteigen zu sehen, »wie einen Drachenkürbis«.

Vergebens hoffte ich, dass die Frau für das seltsame Gurtgeschirr zu voluminös oder einem der beiden Tunesier, die sich um sie bemühten, irgendein Zweifel gekommen wäre. Sie hörte, als man ihr die Funktion der Taue, insbesondere die des rot markierten, mit knappen englischen Worten erklärte, kaum hin und war käsebleich und umkrampfte die Taue links und rechts neben sich, als wären die das Einzige, was ihr jetzt noch Halt geben konnte.

Und schon ging sie ab, die Luftpost. Die junge Deutsche schwebte hinan; man sah nur noch ihre schlaff herunterbaumelnden, strammen Beinchen – und dann, als sie bereits ziemlich weit droben dahinglitt, dass ihr der Kopf auf die Brust sackte und ihre Hände die Taue losließen.

Was war geschehen? War sie ohnmächtig geworden? Hatte sie gar einen Herzinfarkt erlitten oder einen Schlaganfall? Das fragten sich und einander wohl auch die geschäftstüchtigen, auf ein solches Szenario aber gar nicht vorbereiteten Tunesier, die offenen Mundes ihrem Schirm nachblickten und anfingen, hektisch die Arme zu schwenken, um ihrem Kumpan in dem Motorboot zu signalisieren, dass er die Fahrt sofort abbrechen und umkehren und das Landemanöver einleiten möge. Doch was sollte das bringen, wenn die *Pilotin* nicht mitmachte?

»Die«, sagte Kurt, der aufgesprungen war, »sieht aus wie Obelix. Obelix als Leiche«, korrigierte er sich.

»Nein«, widersprach ich, »die hängt da wie ein Pudding in der Kurve.«

Auch die anderen Badegäste hatten längst bemerkt, dass sich über ihnen eine Katastrophe anbahnte, und versuchten, in allen möglichen Sprachen durcheinanderschreiend, der Reglosen Anweisungen zu geben, sie wenigstens zu wecken.

Das Motorboot wechselte den Kurs, und der Parasailing-Schirm, den es zog, kam dem Ufer näher, die daran hängende Frau aber nicht zur Besinnung. Also fuhr das Boot erneut hinaus, vielleicht damit man Zeit gewinne, Zeit der Hoffnung auf ein Ende der rätselhaften Ohnmacht dort oben im Himmel und der planlosen hier unten auf Erden.

So ging das eine Weile: meerwärts, strandwärts, meerwärts … Doch nichts änderte sich. Den Schirm zu schließen, ihn samt der Frau ins Wasser stürzen zu lassen, war des Windes wegen offenbar nicht möglich – oder zu gefährlich. Denn wenn die junge Frau, wie wir Zuschauer hofften, wirklich nur das Bewusstsein verloren hatte, wäre sie bei diesem Manöver wahrscheinlich ertrunken. Keiner, nicht einmal ein Rettungsschwimmer, hätte es geschafft, ihr schnell genug zu Hilfe zu kommen. – Und der Kerl, der das Motorboot steuert? Vergiss ihn, sagte ich mir, Seeleute sind nach alter Tradition fast immer Nichtschwimmer. – Die Frau musste also landen, koste es, was es wolle. Und das tat sie denn auch, und es kostete sie, wie ich, obgleich ich nichts Konkretes in Erfahrung bringen konnte, bis heute vermute, wohl wirklich das Leben.

Das Boot war gerade mal wieder landeinwärts unterwegs, als von links plötzlich eine sehr starke Bö heranbrauste und den Schirm geschwind auf einen Betonklotz zutrieb, einen vielgeschossigen Hotel-Neubau mit einer breiten, hölzernen, weit ins Meer hinausreichenden Terrasse. Dort, an der rechten, vielleicht fünfzig Meter hohen, fensterlosen, weiß getünchten Seitenwand des Hotels, war Schluss, einer, den so sicher niemand gewollt hatte. Das Sitzgestell mit der Frau darin prallte gegen diese Wand, und in deren Windschatten sackte der Schirm in sich zusammen wie ein missratenes Soufflé. Und als beides, erst die Frau, dann der Parasailing-Schirm, unten angekommen waren, konnten die nicht in unmittelbarer Nähe des Hotels befindlichen Augenzeugen dieses Desasters weder die Frau noch den Schirm mehr erblicken, doch dafür etwas Neues: einen langen, fast geraden blutroten Streifen, der etwa in der Mitte des oberen Drittels jener Wand begann und irgendwo, hinter zahllosen, ihnen die Sicht versperrenden Sonnenschirmen endete.

Zu Salzsäulen erstarrt, fixierten wir Badegäste, und ebenso die Tunesier, für einige Sekunden oder Minuten diesen Streifen. Es herrschte eine tiefe, nur vom Meeresrauschen gestörte Stille. – Ich bilde mir ein, genau beobachtet zu haben, wie der Schädel der ohnmächtigen, womöglich auch schon vorher verstorbenen jungen, dicken Deutschen mit der Wand kollidiert war. – Bis heute und grade jetzt, da ich wieder daran denken muss, meine ich, dass ich in dem Moment deutlich ein kleines, trockenes Knacken gehört hätte, wie wenn eine Kokosnuss gegen etwas noch Härteres geworfen wird.

Etwa eine Viertelstunde später erlöste uns das Geheul eines Krankenwagens. Deswegen vielleicht fanden die meisten von uns ihre Sprache wieder, die einen diese, die anderen jene, und packten, das eben Erlebte halblaut diskutierend, ihre Strandutensilien zusammen. Unter denen, die gesenkten Hauptes den zu ihren Bungalows hinaufführenden Trampelpfad entlangtrotteten, befanden sich auch Kurt und ich.

Der Sturm, der uns bedroht hatte, war knapp an Hammamet vorbeigezogen. Und als wir zwei, natürlich jeder für sich, den Speisesaal betraten und uns dann schweigend gegenübersaßen und lustlos, aber hungrig je einen Teller Nudeln mit Soße leerten, war das Wetter wieder so schön wie eigentlich immer in diesem Teil der Welt.

Nach dem Essen gab es die nächste Überraschung dieses fünften Ferientages. Das heißt, Kurt war überrascht, ich weniger und, ganz anders als Kurt, nur positiv. Filzkugel hatte entbunden! Sie lag, um sechs blinde, piepsende Katzenbabys geringelt, bei einem der Hibiskus-Sträucher, die unsere Hütte rechter Hand von der Nachbarhütte abgrenzten. Die Katze, die ich nun ja nicht mehr Filzkugel nennen konnte, schaute mir lange – und stolz, wie mir schien –, in die Augen. Ihr Blick erinnerte mich an eine Geschichte aus meiner Kindheit, die mir meine Oma manchmal, wenn wir miteinander allein gewesen waren, erzählt hatte.

Als sie noch in Meuselwitz bei Altenburg wohnte, sagte Oma, hätte sie eine Katze namens Minka gehabt. Minka wäre nicht sterilisiert gewesen, für so was hätte man früher kein Geld verplempert, und deshalb hätte Minka mindestens einmal im Jahr Junge bekommen.

»Und wenn mal wieder eine ihrer Niederkünfte nahte«, erzählte Oma, »forderte Minka maunzend, dass ich alles stehen und liegen ließ und mich hinsetzte, so, wie ich war, in meiner Kittelschürze; es musste immer dieselbe sein, vielleicht wegen des Geruchs, der eben nur dieser einen eigen war. Sowieso besaß ich damals nicht mehr als zwei Kittelschürzen, und egal wie oft ich meine beiden Schürzen wusch, die eine wie die andere, Minka erkannte immer diejenige, die sie brauchte, um gebären zu können. Und wenn ich zufällig gerade die falsche trug, musste ich die richtige aus der Schmutzwäsche oder von der Leine holen und überziehen.

Sobald ich dann in Minkas Lieblingskittelschürze auf der Ofenbank Platz genommen hatte, sprang sie mir trotz ihrer schweren Murmel elegant in den Schoß und bekam dort ihre Kleinen. Und obwohl das, je nachdem, wie viele Kätzchen geboren werden wollten, einige Stunden dauern konnte, durfte ich mich nicht bewegen und ihr nicht helfen, nicht mal anfassen ließ sich die Minka.

Erst wenn das letzte Baby draußen und die Plazenta gefressen war, erlaubte sie mir, aufzustehen und die winzigen Dinger, meist waren es sechs oder sogar acht, in ein vorbereitetes, mit alten, aber sauberen Lappen gepolstertes Körbchen zu legen.«

»Und wo blieben die Kätzchen, etwa alle bei euch«, fragte ich.

»Na ja«, antwortete Oma, »das war nicht so einfach. Ich hab der Minka, damit sie nicht verrückt wird, immer gestattet, ihre Blagen so lange zu bemuttern, bis die keine Milch mehr wollten, und dann die schönsten von jedem Wurf den Leuten ringsum angeboten. Diejenigen, die ich nicht loswurde, hat ein Nachbarsjunge, dem das nichts aus- oder sogar Spaß machte, denn dieser Emil war wirklich nicht zart besaitet, eingesackt und im Meuselwitzer Löschteich ersäuft.«

Darüber, also über das Schicksal der vielen süßen Miezekätzchen, die auf so grausame Weise umgekommen waren, vergoss ich ein paar Tränen. Und Oma gab mir ein halbes Gläschen von ihrem selbstgemachen Eierlikör und weinte auch, aber vermutlich nicht wegen Minka und deren Kätzchen.

Und einmal, nur ein einziges Mal, hängte Oma an diese Geschichte noch eine dran.

»Deine Mutter, die Anneliese«, sagte Oma, »war als Kind auch immer ganz närrisch nach Minkas Babys. Und so kam es, dass Anneliese eines Abends, als ich nicht achtgegeben und ihr, weil sie frech gewesen war, nicht Gute Nacht gesagt hatte, drei von den Kätzchen in ihr Bett mitnahm und beschmuste, bis sie darüber einschlief. Und am nächsten Morgen waren die Kleinen tot, alle drei; Anneliese hatte wohl schlecht geträumt, sich unruhig hin und her gewälzt und sie dabei erdrückt. Seither stand deine Mutter nur noch auf Hunde. Für Katzen hatte sie nichts mehr übrig.«

Da ich ja wusste, wie intelligent meine schwarz-grau getigerte tunesische Katze war, hätte ich ihr die erste von Omas Geschichten gerne erzählt, doch ich konnte und kann weder Arabisch noch Französisch und halte Tiere, selbst die hoch entwickelten, nicht für fähig, die menschliche Sprache, ganz gleich welche, auch nur ansatzweise zu verstehen.

Natürlich redete ich trotzdem mit ihr. – Mit weitaus dümmeren Geschöpfen, oder gar Dingen, redete ich, als ich noch redete, ja auch gelegentlich, besonders, wenn die nicht so funktionierten, wie ich es wollte. – »Fein gemacht, Miez, sehr, sehr fein«, sagte ich. Und die frischgebackene Katzenmutter schnurrte und ließ sich streicheln, legte dabei aber ihre Pfoten und ihren dünnen Schwanz schützend über ihre Babys.

Während der Tage, die jenem üblen fünften folgten, besserte sich die Beziehung zwischen Kurt und mir ein wenig, was wohl am eben doch *gemeinsam* Erlebten lag, dem Schock, der uns und den meisten anderen, die dabei gewesen waren, noch eine Weile zu schaffen machte.

Der Parasailing-Schuppen allerdings war schon am Morgen nach dem Unfall verschwunden, spurlos, als habe es dies Event hier nie gegeben.

Ansonsten ging alles seinen gewohnten Gang; wir badeten, bräunten uns, aßen schlecht. Ich fütterte nachts die Katze, die jetzt logischerweise mehr und besseres Fressen brauchte.

Imad, den ich auch weiterhin heimlich traf, steckte mir, weil ich ihn darum bat und obgleich ihm meine Passion, wenn er von ihr gewusst hätte, kaum verständlich gewesen sein dürfte, rohes Fleisch und ab und an auch einen frischen Fisch zu. Aber er fragte nicht, sondern erfüllte einfach meine Wünsche. Und die Katze, die es sich mitsamt ihren Kleinen unter dem von ihr bevorzugten Hibiskus-Strauch gemütlich gemacht hatte und sich nur noch dort von mir bedienen ließ, wurde kräftiger, ihr Fell glatter, ihre Jungen größer.

Auch wenn wir, Kurt und ich, uns nun weniger stritten, waren wir doch froh um jeden Tag, der verging, mit dem also der unserer Abreise heranrückte. Ohne dass wir darüber gesprochen hätten, wussten wir: Wir waren am Ende. Wir würden uns trennen. Vermutlich fragte auch Kurt sich, ob wir denn jemals wirklich zusammen gewesen wären. Wir passten nicht zueinander; das war, spätestens seit diesen tunesischen Ferien, eh klar.

Seltsamerweise machte aber gerade die erzwungene, doch zeitlich begrenzte Nähe, der wir uns ja bis auf Weiteres nicht ganz entziehen konnten, die letzten drei Wochen einigermaßen erträglich. Tagsüber ging Kurt seiner Wege – und ich meiner, sobald es Nacht wurde. Kurt maulte nicht mehr wegen der Katze, interessierte sich auch nicht die Bohne für deren Babys, die schnell heranwuchsen und immer hübscher und lebhafter wurden. Er kaufte sich öfter mal zwei, drei Flaschen Wein oder trank Cocktails bei den Animateuren am Pool, fuhr zum Hafen, fotografierte die Boote und das Meer. Ich las, fütterte die große Katze, spielte mit den kleinen, traf Imad und schlief noch länger als Kurt.

Doch eines Morgens, zwei Tage vor unserer Abreise, wurde ich sehr früh wach, denn draußen, unserer Hütte so nah wie lange nicht mehr, miaute laut die Katze, und die sechs Kätzchen fiepten in den höchsten Tönen. Ich befürchtete, dass etwas passiert sei, erhob mich, ging nachsehen.

Meine Mieze hatte ihre Jungen auf den Fußabtreter geschleppt. Und sowie eines der Kleinen versuchte, die Matte zu verlassen und irgendwohin davonzuwuseln, packte sie es am Genick und setzte es wieder dorthin, wo sie es haben wollte.

»Was soll denn das?«, sagte ich. »Bist du etwa gestern Abend nicht satt geworden? Warte einen Moment, ich hol dir gleich einen ganz feinen Happen.«

Die Katze schaute mir nur in die Augen, starr und eindringlich, aber auch irgendwie unverwandt, als wolle sie mich hypnotisieren. Und dann schoss sie davon wie ein geölter Blitz und schrie dabei noch einmal, laut wie nie. War es ein Hilfeschrei? Ein Befehl? Etwa nach dem Motto: Asta Arnold, übernehmen Sie! Ich habe genug getan. Ich will meine Freiheit. Jetzt können Sie sich kümmern. Denn Sie, Sie allein sind der Schlüssel zu allem, was mein Nachwuchs jetzt braucht.

Ich lief zwischen den Bungalows umher, rief die Katze bei dem Namen, der nicht mehr zutraf. »Filzkugel, Filzkugel«, rief ich, und irgendwer brüllte zurück: »Wann, verdammt, herrscht hier endlich mal Ruhe?!«

Etwa eine Stunde später stand ich wieder vor unserem Bungalow, unverrichteter Dinge leider. Ich war wohl einigen Katzen begegnet, von denen gab es dort ja weiß Gott genug, aber nicht meiner. Drei der Kätzchen, die meine Katze auf der Fußmatte abgesetzt und verlassen hatte, konnte ich nicht entdecken, jedenfalls nicht sogleich; sie hatten sich selbstständig gemacht – oder auf die Suche nach ihrer Mutter – und sich in verschiedene Richtungen entfernt, waren jedoch höchstens ein, zwei Meter weit gekommen. Die drei anderen, weniger kräftigen saßen noch auf der Fußmatte, plärrten und fiepten jämmerlich und verpassten der Matte Milchtritte, und dabei verfingen sich ihre Krällchen in dem Kokosfasergewebe, was komischer aussah, als es war.

Ich öffnete die Tür zu unserem Bungalow, strafte Kurt, der nun auch nicht mehr schlief, sondern mich vorwurfsvoll anglotzte, mit einem Blick, der immerhin bewirkte, dass er sich noch mal die Bettdecke über den Kopf zog, suchte nach einem Karton und entschied mich, als ich wie erwartet keinen fand, für meinen Koffer. Den, sagte ich mir bitter, brauchst du ja erst übermorgen.

Ich holte die Kätzchen, setzte sie in den Koffer, zog den Reißverschluss zu, nicht ganz, wie sich versteht; die Kleinen sollten atmen und trotzdem nicht abhauen können.

Kurt, der mich vom Bett her beobachtete, sagte nur: »Der Koffer muss raus.«

Ich gab keine Antwort, trug aber den Koffer vor die Tür, obwohl Kurt, mit nichts als seiner Badehose bekleidet, dem Bett und der ganzen Szenerie gerade entflohen war.

Besser isses, dachte ich und ging nun auch meines Wegs. Wie ernährt man drei Wochen alte Katzenkinder, fragte ich mich, vertragen die denn überhaupt schon etwas anderes als Muttermilch?

Ich betrat den Speisesaal, jedoch nicht, um zu frühstücken, nein, ich griff mir bloß schnell eine Handvoll Toastbrot und einige Scheiben vorgeschnittener Teigwurst und füllte warme Kuhmilch in eine leere Cola-Flasche, die ich zwischen zwei Bungalows entdeckt hatte.

Es klappte prima. Die Kätzchen machten sich über das in der Milch eingeweichte und mit Wurstschnipseln vermische Toastbrot her, als gebe es kein Morgen. Und so war es ja wohl auch – beinahe. Denn nur morgen, dachte ich, kann ich noch für euch sorgen, übermorgen schon nicht mehr.

Die Kleinen hatten beim Fressen ziemlich rumgesaut und das Futter meines Koffers bekleckert und gepinkelt und gekotet. Ich hatte notdürftig weggewischt, was sich mit einem der Handtücher, die ja nicht mir gehörten, wegwischen ließ. Und dann war endlich Ruhe im Koffer! Die lieben Kleinen schnurrten, satt und friedlich und so niedlich ineinandergeknäult. Aber dies schöne Bild tröstete mich nicht wirklich, oder nicht lange. Ich musste wieder los.

Ich gab mir die größte Mühe, suchte die schwarzgrau Getigerte überall, im ganzen Objekt, fragte sogar nach ihr, jeden Menschen, der mir begegnete; die meisten hoben bestenfalls bedauernd die Schultern, andere hatten irgendwelche Katzen gesehen, meine nicht. Meine, das begriff ich allmählich, war verschwunden, spurlos – und sie kehrte auch nicht zurück, nicht zu ihren Jungen, nicht zu mir, nicht am Nachmittag, nicht am Abend, nicht in der Nacht, nicht am nächsten Tag.

Hatte ich ihren Blick richtig gedeutet? Hatte sie mir ihren Wurf überlassen, nicht wissend, dass ich schon sehr bald nicht mehr in Hammamet sein würde? Oder war ihr etwas zugestoßen? Doch wenn dem so wäre und meine Mieze tot, sagte ich mir, hätte ich dann nicht wenigstens ihre sterblichen Überreste finden müssen? Vielleicht, grübelte ich weiter, ist sie ja von einem größeren Raubtier gejagt, gerissen, verschlungen worden, mit Stumpf und Stiel, also Kopf und Schwanz. Aber wagten sich solche Tiere, ein Wolf, ein Luchs, ein verwilderter Hund, in ein dicht bevölkertes Touristendorf wie dieses?

Mir kam, während ich mir in den finstersten Farben ausmalte, was womöglich geschehen war, ein ungeheuerlicher Verdacht. »Kurt«, rief ich zornig, »ist es möglich? Hast du meine Katzenmutter etwa eigenhändig abgemurkst und irgendwo vergraben oder ins Meer geworfen?!«

Breitbeinig, die Hände in die rundlichen Hüften gestützt, pflanze sich Kurt vor mir auf. »Dir dürfte ja wohl bekannt sein«, sagte er, eisig, wie immer bei dem Thema, »dass ich diese Kreatur nicht mal mit der Kneifzange anfassen würde. Siehst du hier irgendwo eine Kneifzange? Und wenn ich eine Kneif- oder Kohlenzange zur Hand gehabt hätte, meinst du nicht, ich hätte ihre sechs Rotznäschen dann gleich mitentsorgt?!«

An den letzten Ferientag kann ich mich nicht erinnern, nur an die letzte Nacht; die war schlimm, vielleicht nicht die schlimmste meines Lebens, doch schlimm genug.

Seltsamerweise regnete es, so stark, dass ich mich nicht vor unsere Hütte setzen mochte – und auch nicht neben Kurt legen, dessen in Wahrheit gar nicht eiserner, sondern rosig-weicher Hintern unter der Zudecke hervorlugte. Ich zerrte mein Kopfkissen aus dem Bett, hockte mich in eine Ecke. Das Kissen vorm Bauch, weinte ich, leise und ziemlich lange. Aber da ich eh kein Auge schließen konnte – oder wollte – und ohnehin eine Lösung finden musste, zumindest eine Notlösung, rappelte ich mich irgendwann hoch, sammelte die Kätzchen in einen Pulli, einen, von dem ich wusste, den würde ich weniger vermissen als sie. Ich trug Filzkugels Kinder zu den Personal-Unterkünften, doch nicht zu Imads Bungalow, obwohl der mich in jener Nacht nicht wie üblich mit Bier erwartete, denn wir hatten uns bereits abends voneinander verabschiedet, meiner trüben Stimmung wegen kurz und wortkarg.

Als der Morgen graute, kehrte ich zu dem tief schlafenden Kurt zurück, säuberte so gut wie möglich meinen Koffer und packte.

Danach, es regnete ja nicht mehr, setzte ich mich an den verwaisten Hibiskus-Strauch und rauchte. Ich ging nicht frühstücken – und nicht noch einmal nach den Kätzchen schauen. Ich hatte viel zu viel Angst, dass die wieder kläglich fiepen oder sogar verschwunden sein könnten – wie ihre Mutter. Sicher, redete ich mir ein, gibt es unter all diesen Feriengästen oder den Küchen- und Reinigungskräften eine mitleidige Seele, die sich der Kleinen annimmt. Falls nicht, dann ... Ich weigerte mich, mir vorzustellen, was dann wäre.

Im Bus, der uns zum Airport von Tunis brachte, saß Kurt vorn hinter dem Fahrer und ich neben einer älteren, wasserstoffblonden Holländerin, die, ohne mir auch mal die Packung hinzuhalten, pausenlos Kekse futterte und dabei eine nicht eben aktuelle Modezeitung durchblätterte.

Dass wir im Flugzeug dann aber doch zusammensitzen mussten, hatte sich, da die Tickets ja Teil unserer Reiseunterlagen, also bereits ausgestellt waren, nicht mehr ändern lassen. Ich würdigte Kurt keines Blickes, sondern starrte, unfähig zu lesen, in das Buch, das aufgeschlagen vor mir lag. Auch Kurt nahm keinerlei Notiz von mir. Er tat so, als kenne er mich gar nicht. Nein, eher so, als sei ich die Sitznachbarin, auf die seine Wahl, wenn sie ihm denn freigestanden hätte, nie gefallen wäre.

Haben wir uns am Flughafen Wien-Schwechat getrennt? Nicht einmal das, denke ich. Wir zerrten unser jeweiliges Gepäckstück vom Band und liefen los, der eine da-, die andere dorthin. Kurt drehte sich nicht nach mir um, ich mich nicht nach ihm.

Während ich zu den Bahnsteigen hinunterging, um dort auf den nächsten Shuttlezug zu warten, überlegte ich, in welchem Wiener Bezirk ich mir für die drei Tage bis zu meiner Abreise nach Bonn, zur Hauptgeschäftsstelle von CARE-Deutschland, ein Hotelzimmer nehmen sollte und ob noch irgendetwas mir Gehörendes, etwas Wichtiges, bei Kurt zurückgeblieben sei, aber mir fiel nichts ein.

Das war's gewesen mit Kurt und mir. Wir sahen einander nie wieder; kein letztes Briefchen mehr, kein Anruf, gar nichts.

Schwerfällig erhebt sich Asta von dem verwilderten Rasenstück, auf dem zuvor die längst entschwundene Katze gesessen hatte. Ihr Hintern ist feucht geworden, obgleich das Gewitter nun schon eine ganze Weile zurückliegt, ihr Mund hingegen so trocken, dass sie nicht einmal Lust verspürt, sich eine neue Zigarette anzuzünden. Ich sollte, denkt sie, durch die Drehtür gehen und dort drinnen etwas trinken, nicht unbedingt so eine scheußlich süße, vier Euro teure Diet-Coke, die hier sicher noch beschissener schmeckt als anderswo; denn wie ich beobachtet habe, ist es bei den Deutschen noch immer nicht üblich, Softdrinks mit Eis zu verlängern. Und außerdem müsste ich mein Gesöff, egal welches, per Kreditkarte bezahlen. Die Alternative wäre ein Schluck Leitungswasser, den gäbe es gratis in einem der Restrooms. Aber ein wenig Bargeld könnte trotzdem nicht schaden ... *Bargeld*, wieder so ein putziger Begriff; klingt, als ob der Mensch nur Cash brauche, wenn er Cocktails schlürfen will. – Und genau das täte mir jetzt auch gut. Warum also suche ich mir nicht endlich einen Bankomaten? Weil es dann unumgänglich wäre, auf Englisch oder Deutsch ein paar Worte zu sagen, nicht zu dem Bankomaten, aber zu einer der Frauen oder Männer hinter diesem oder jenem Tresen.

Du darfst nicht sprechen, nur denken. Denk nach und halt die Klappe! Wer, fragt sich Asta, befiehlt mir das? Meine innere Stimme? Ist das überhaupt meine Stimme? Sie hört sich an wie meine, aber *gehört* sie mir auch? Mal bin ich mir ziemlich sicher, mal wieder nicht.

Aus der Drehtür, vor der Asta unentschlossen auf und ab geht, kommt ein Mann geschossen. Beinahe, denkt Asta belustigt, hätte er den richtigen Moment verpasst und eine weitere Runde Karussell fahren müssen. Der Mann wirkt verärgert. Nein, denkt Asta, eher beleidigt oder gedemütigt.

Der Mann ist klein und schlank und von schwer schätzbarem Alter, vielleicht erst fünfundsechzig, vielleicht schon über siebzig. Zwischen seinen schneeweißen, makellosen Zähnen, die echt aussehen, jedenfalls nicht nach einem Kassengebiss, klemmt eine fette Zigarre, eine Havanna vermutlich. Er trägt einen schwarzen Anzug und unter dem Jackett ein gelbes Hemd und dazu eine Krawatte, deren Knoten er – oder wer? – nicht nur gelockert, sondern geöffnet hat, sodass ihm die Enden des etwas verknitterten rot-blau gewürfelten Stoffstreifens rechts und links über die Revers hängen. Wie ein Strick, denkt Asta, von dem er weiß, der ist zu kurz, um sich dran aufzuknüpfen. – Ist das nicht der Schauspieler von damals in New York, oder womöglich sogar derjenige, den dieser Schauspieler darstellte? Die Namen habe ich vergessen, den des Films, den des Schauspielers, den des Dargestellten, wie so manches seit einigen Jahren. Natürlich könnte der derangierte alte Knabe dort, der jetzt nervös wird, weil ihm die Zigarre immer wieder ausgeht, und der an mir vorbeisieht, als bemerke er meine unverfrorenen Blicke nicht, ebenso gut dessen Bruder sein oder ein Doppelgänger. Nur wessen Bruder oder Doppelgänger? Der des Schauspielers oder der des Nazi-Arztes, den jener dargestellt hat, derart überzeugend, dass ich mich noch Tage später fragte, ob er denn nicht fürchte, mit dem Original verwechselt und auf der Straße angespuckt zu werden, von Passanten, die vor, mit oder nach mir im Kino gewesen waren, oder sogar von einem greisen Menschen, der einem KZ, und warum nicht dem, das in dem Film nicht gezeigt wurde und dennoch dessen eigentliches Thema war, durch einen glücklichen Zufall entronnen ist.

Aber vielleicht ähnelt der Schauspieler, also der Mann, der da neben der Drehtür herumhampelt und mich zu ignorieren versucht, dem, den er darstellte, gar nicht so sehr. Weiß doch kaum jemand, wie der wirkliche Möchtegernmörder seinerzeit ausgeschaut hat und ob er noch lebt und sich womöglich schönheitsoperieren ließ. Nazibonzen, jedenfalls jene, die der Siegerjustiz durch die Maschen geschlüpft sind, werden ja oft uralt; und sicher hatte manch einer von denen, als klar war, dass es mit dem *Dritten Reich* bald vorbei sein würde, irgendwo etwas Kohle gebunkert, jedenfalls genug für eine solche Identitätsverschleierungsmaßnahme, oder er erfreut sich stinkreicher, heimlicher Gönner, die ihm nicht nur Jahr um Jahr Kost und Logis sponsern, sondern auch einen argentinischen, brasilianischen oder paraguayischen plastischen Chirurgen bezahlen konnten. Gänzlich ausschließen lässt es sich also nicht, dass der dort, der nun endlich die Augen niederschlägt und ein Stück beiseitetritt, doch der Echte ist, der jämmerliche Faschist, von dem der Film handelte.

Dieser Film, gerade kommt es mir so vor, als hätte ich ihn vielleicht nur geträumt, war – oder ist, wenn er denn tatsächlich und bis heute existieren sollte – ein Spielfilm, aber inszeniert wie ein Dokumentarfilm, mit allen zu einem Dokumentarfilm der späten Vierziger- oder frühen Fünfzigerjahre passenden Stilmerkmalen. Er wurde in Schwarz-Weiß und in englischer Sprache gedreht; sämtliche Akteure wirkten nicht wie Berufsschauspieler und die Fälle, die verhandelt wurden, absolut authentisch. Ja, die Fälle, denn während der gesamten anderthalbstündigen Laufzeit dieses Films sahen wir Zuschauer nur den Gerichtssaal und kein einziges Bild, nicht einmal eine Fotografie von oder aus jenem nicht allzu bekannten

KZ, um das es ging. Und eigentlich ging es auch nicht um dieses Lager im ehemals reichsdeutschen *CdZ-Gebiet* Elsass, sondern um fünf Mediziner, die sich dort ihren als Forschung getarnten, sadistischen Exzessen hingegeben hatten und nun die längsten Strecken des Films über mit eingezogenem Kopf neben ihren jeweiligen Verteidigern auf der Anklagebank hockten.

Immerhin weiß ich noch, wer mich ins Kino eingeladen hatte. Das war Andy gewesen, Andreas Rudolph; dort, in New York, wo er für eine Universitätsklinik Labortiere züchtete, nannte er sich nur Andy.

Schwester Sylvia, mit der ich während der ersten Wochen meiner fünf Jahre am HAN das Zimmer teilte, hatte mir, bevor ich nach New York hinüberflog, um einen von der UNICEF finanzierten Fortbildungskurs zu absolvieren, die Adresse ihres Bruders Andreas und ein Päckchen gegeben, wohl ein Geschenk, das ich ihm überbringen sollte. Denn logischerweise trauten wir der nicaraguanischen Post nicht; darum hat sie die Gelegenheit ergriffen und mich als Kurier genutzt.

Andy freute sich über Sylvias Geschenk, es war eine antiquarische, englischsprachige Ausgabe der »Zoologischen Philosophie« von Jean-Baptiste de Lamarck, und sicher auch über die Abwechslung, die der Besuch einer Freundin seiner Schwester in sein ziemlich einsames Leben brachte. Er führte mich zum Essen aus, zeigte mir China Town, den Central Park und die Bronx und einmal auch all die Versuchsratten und -mäuse, um die er sich hingebungsvoll kümmerte und deren Schicksal ihn mehr anrührte, als er zugab.

Eines Nachts standen wir unter dem orangeroten Dauerlicht, das unausgesetzt herabstrahlte von der niedrigen Kellerdecke seines *Reiches*, wie er es nannte. Andy fasste in einen der Käfige, und schon wanden sich auf seiner breiten Männerhandfläche wie Würmer drei winzige, nackte, blinde Mäuschen.

»Schau«, sagte er, »schau dir ihre Bäuchlein an. Die Haut der Babys ist noch papierdünn und durchsichtig. Du kannst genau erkennen, dass sie die Wampe randvoll haben, voll mit fetter, weißer Muttermilch. Und jetzt, siehst du, jetzt pinkeln und scheißen sie, aber nicht vor Angst, sondern weil sie sich bei mir kaum weniger geborgen fühlen als bei ihrer Alten im Sägemehl.«

Das Kino, das wir zwei Tage später besuchten, hieß – oder heißt, falls es noch existiert – wie eine Frau; daran kann ich mich seltsamerweise erinnern, nur dieser Frauenname selbst, der ist mir entfallen. Das Kino lag Downtown New York, in Greenwich Village an der Houston Street; wegen seines ein wenig kitschigen Theaterambientes und des anspruchsvollen Programms, meinte Andy, sei es sehr beliebt bei den Studenten und Lehrkräften der nahen NYU, und auch er finde es so gemütlich, dass er manchen Sonntag hier verbringe.

Im Foyer duftete es lecker nach geröstetem Mais, und ich hatte bereits mein Portemonnaie gezückt, aber Andy sagte: »Auf Popcorn und Lightbeer sollten wir heute besser verzichten, denn das, was uns gleich geboten wird, ist echt harter Stoff.«

»Kennst du den Film etwa schon«, fragte ich.

Doch Andy schaute bloß streng und legte sich seine beiden Zeigefinger über den Mund, so, dass sie ein Dach bildeten; eine Geste, die er öfter machte, wenn er nicht sprechen oder den Redefluss seines Gegenübers stoppen wollte.

Nein, ich kann diesen Film nicht bloß geträumt haben – und Andy ohnehin nicht, so fantasievoll oder verrückt bin ich nun auch wieder nicht; aber möglicherweise war er ganz anders, als ich ihn erinnere. Ich müsste Andy fragen, der ja dabei war. – Doch wie ich mich kenne, werde ich ihn nicht fragen. Ich werde nicht versuchen, Andys Adresse wieder- oder neu herauszufinden und da noch einmal irgendetwas aufzuwärmen. Die Chance ist vertan.

Der Film, vielleicht gibt es ihn noch und er wird nur nicht mehr gezeigt, begann nicht chronologisch wie der berühmte Dokumentarfilm über den Nürnberger Ärzteprozess, an dem sich der Regisseur offensichtlich orientiert hatte, nicht damit, dass die vier Mediziner, deren verbrecherische Menschenexperimente ja auch Gegenstand dieses Prozesses, genauer dieser Hauptverhandlung waren, von uniformierten Männern in den Gerichtssaal eskortiert wurden, sondern mit den Schlussworten, die jeder der Angeklagten sprechen durfte, ehe er erfuhr, welche Strafe ihm blühte.

Fand die Verhandlung vor einem US-amerikanischen Militärtribunal statt oder vor einem französischen Gericht? Ich weiß es nicht mehr, nur noch, dass einer der vier Mistkerle, die in diesem KZ ihre bizarren *Befehle befolgt* hatten, der fünfte konnte, da er bereits gestorben war, nicht mehr zur Verantwortung gezogen werden, sich selbst beschuldigte, aber nicht etwa seiner Taten beziehungsweise Untaten. Nein, im Unterschied zu den anderen dreien, die sich, wie zu erwarten war, nicht schuldig im Sinne der Anklage bekannt und, als der Richter sie aufforderte, sich ein letztes Mal zu äußern, auch nur die alten, patriotischen Floskeln von der *Treue zu Führer und Vaterland* hervorgewürgt hatten, bestand einer, eben jener, der gerade ganz in meiner Nähe Zigarre paffend diesen hässlichen Chrom-Ascher voller nasser Kippen umkreist, darauf, dass er sehr wohl alles selbst so gewollt habe und bereit gewesen sei, *unwertes Leben zu vernichten*.

»Ja«, rief dieser kleine, zapplige Mann mit dem dichten, erstaunlicherweise noch pechschwarzen Haar, der komischen, runden Nickelbrille, der Narbe neben dem sinnlichen Mund und dem smarten Schauspielergesicht, »ich bin schuldig, schuldig des Verrats an der Idee des Nationalsozialismus und an meinen Kollegen Kameraden, die ich bitter enttäuscht habe, aus Schwäche, einer Schwäche, für die ich keinen Grund und keine Erklärung angeben kann, bis heute nicht!«

Und während ihm weiter der Kamm schwoll und er weiterkrähte in dieser metallisch hart akzentuierten Tonart, so, als sei er wirklich ein Deutscher, ein Deutscher, der leidlich gut Englisch spricht, und sein Gesicht immer größer wurde, kamen ihm die Tränen, Tränen der Scham, nicht der Reue; ungebremst kullerten sie seine blassen, glatt rasierten Wangen hinab, und seine Stimme begann zu zittern vor lauter Selbstergriffenheit.

Und dann, gewissermaßen aus dem Off oder aus dem Himmel, übertönte diesen irren Vogel ein auktorialer Erklärer, der natürlich nie irgendeine physische Gestalt annahm. Jener eine Angeklagte, ein Gynäkologe aus der Niederlausitz, wie die Zuschauer nun erfuhren, sei erst später, etwa im Herbst 1943, auf seinen eigenen Wunsch hin in dem elsässischen KZ tätig geworden. – Oder eher untätig, dachte ich, denn er hatte es ja gerade nicht vermocht, das zu leisten, was nicht nur Hitlers Wille gewesen war. – Damit er schnell ein Teil des verschworenen, fünfköpfigen Medizinerkollektivs werde, erzählte die Stimme sinngemäß weiter, habe er sich einem, nach Meinung seiner Kollegen zwingend erforderlichen, Initiationsritual unterwerfen müssen. Dazu sei diesem Männchen – das ich jetzt so ganz für mich mal Dr. A. nenne – noch am Tag seiner Ankunft eine Frau, eine französische Jüdin oder eine Widerstandskämpferin, er wusste nichts Genaues, vor die Nase gerollt worden, eine junge, hübsche, unversehrte Frau.

An der Stelle kam ein Schnitt; das Kinopublikum wurde zurückversetzt in eine frühere Phase der Verhandlung, in der es den Anwälten und deren Klienten gestattet war, die Dinge aus ihrer Sicht zu schildern. Und nun hörten wir wieder Dr. A., dessen seltsames Versagen dem Schauspieler, der ihn darstellte, zur Hauptrolle, womöglich der besten und schrecklichsten Rolle seines gesamten, ansonsten nicht sehr erfolgreichen Künstlerlebens, verholfen hatte.

»Dieser Frau, die nicht schlief und nicht betäubt war, nur mit Gurten fixiert«, sagte er, ziemlich leise nun, »sollte ich zwanzig Milliliter Benzin direkt in den Herzmuskel injizieren, wozu ich auch entschlossen war, denn ich wollte ja eher heute als morgen ein vollgültiges Mitglied unserer Gemeinschaft sein. Doch der Schwierigkeitsgrad der Sache war wohl zu hoch für mich, hätte vielleicht auch einen richtig harten Jungen überfordert … Bitte, Kameraden«, stammelte Dr. A. und blickte sich nach jenen um,

»bitte missversteht mich nicht. Das ist kein Rechtfertigungsversuch. Ich wäre gern wie ihr gewesen, wünschte es aus tiefstem Herzensgrund. Und noch in diesem Augenblick fühle ich mich euch zugehörig und bereue nichts als diesen absurden Defekt, mit dem ich anscheinend geboren wurde und der mich gehindert hat, euch zu gleichen. Glaubt mir, auch ich hielt unsere Häftlinge samt und sonders für Feinde und Untermenschen und hegte keinerlei Zweifel an der Aufgabe, an der ich mehrfach und so überaus kläglich gescheitert bin. Aber die Frau, ihr wisst es, sie hat mich angeschaut aus ihren großen, dunklen Augen, und da bin ich umgefallen, im Wortsinn, einfach umgefallen.«

Und nochmals wandte er sich den drei anderen zu und tat, als wolle er nicht weinen, und ließ seinen Tränen dann doch freien Lauf.

»Begreiflicherweise«, fuhr er schluchzend fort, »habt ihr mich gehänselt, und du, Parteigenosse Oberstabsarzt, nanntest mich ›Memme‹ und ›die faulste Spreewaldgurke aller Zeiten‹. Trotzdem war ich ja nun einmal vor Ort und wusste, was bei uns lief. Darum bekam ich eine zweite Chance von euch, eine dritte sogar …«

Und wieder gab es einen Schnitt, und Dr. A. wurde kleiner und leiser und verstummte schließlich für eine Weile; wir sahen ihn nur noch den Mund bewegen. Die auktoriale Off-Stimme übernahm; die vier anderen, bereits eingeübten Ärzte, erklärte sie, hätten sich bemüht, dem Neuen zu helfen. – Leider, dachte ich in dem Moment, sitzen von den vieren bloß noch drei auf der Anklagebank, drei außer Dr. A., der ja steht, drei, deren geballte Fäuste verraten, dass sie am liebsten aufspringen würden, um das zu tun, was sie, wären sie nicht so feige gewesen, schon viel früher hätten tun sollen: nämlich diese eitle Plaudertasche zum Schweigen bringen, und zwar endgültig.

»Beim nächsten Mal«, fuhr die Off-Stimme fort, »sollte der Neue seine Prüfung, nach Auffassung der anderen, nun aber unbedingt bestehen. Darum ließen sie ihm eine ältere, hinfällige, kahl geschorene Frau bringen, eine von denen, die sie mit Rattenfleckfieber infiziert und, weil sie zur Kontrollgruppe II gehörte, medikamentös behandelt hatten.«

Doch wie die vorige junge, gesunde Frau war auch diese, in dem Punkt blieb die Mediziner-Viererbande kompromisslos, nicht anästhesiert. Ein kurzer Blickkontakt genügte, und Dr. A. ging wieder zu Boden.

Beim dritten und letzten Versuch werden sich die Dreckskerle gesagt haben: Gut, unser hypersensibler Frischling ist von Haus aus Gynäkologe; weibliche Gefangene, egal ob junge oder alte, machen ihm Probleme. Wenn die Option bestanden hätte, Dr. A. loszuwerden, sie hätten ihn zum Maulhalten verdonnert und irgendwohin weggelobt – oder eben um die Ecke gebracht, wie einen x-beliebigen Häftling – und eine wasserdichte Unfall-Legende erfunden. Aber leider, auch das erfuhren wir Zuschauer nun, war Dr. A. ein Neffe vom Vizelagerkommandanten, und diese missliche Tatsache erzwang eine humanere Variante; also beschloss die Viererbande, ihm das Stöckchen so tief zu halten, dass ein kleiner Hopser genügen würde und schon wäre er drüber.

Dr. A. wurde ein Mann in den OP geschoben, ein zum Skelett abgemagerter, glatzköpfiger Greis mit eingefallenem, stoppelbärtigem Gesicht, einer, der aussah, als sei ein plötzliches Ende besser für ihn als das qualvolle, das ihm zwei, drei Tage später ohnehin beschieden wäre. Doch auch der alte Mann war bei Bewusstsein und starrte Dr. A. aus großen, dunklen Augen an. Und dem schwanden die Sinne, wieder sank er nieder und lag mindestens fünf Minuten lang ohnmächtig auf den Fliesen des OP-Raums.

Mehr, beziehungsweise weniger, wollte oder konnte die Bande nicht tun für diesen *elenden Rohrkrepierer*, wie Dr. A. sich während seines Schlussworts selbst nannte. »Nein«, zitierte er im folgenden Satz beinahe begeistert den drei Stühle von ihm entfernt sitzenden einstigen SS-Sturmbannführer und Oberstabsarzt, »wir können unser Schlappschwänzchen doch keinen Toten töten lassen, bloß damit es endlich mal stehen bleibt?!«

In den anderthalb Jahren, die bis zum Sieg der Alliierten noch vergingen, mobbten die vier ihren Parteigenossen Dr. A. auf vergleichsweise subtile Weise und mit dessen, offenbar schon damals selbstgehässigem, Einverständnis. Da sein eigentliches Fachgebiet, die Gynäkologie, ja kaum gefragt war, nur zwei ranghöhere Kameraden waren, samt Gattin und Kindern, in lagernahe Villen gezogen, und auch zum sonstigen Personal gehörten gerade mal fünf Frauen, hatte er irgendwelche Zu- und Hilfsarbeiten zu verrichten, alles, was anfiel und nicht gänzlich unter der Würde eines Verwandten des Vizelagerchefs, NSDAP-Mitglieds und Arztes war: Gewebeproben beschriften, Versuchsdaten erfassen, Totenscheine ausfüllen, Materiallisten führen, Korrespondenzen abheften und, wenn es einem von der Bande in den Forschungskram passte, gelegentlich etwas Assistenz bei der Pathologie.

Wurden Plädoyers gehalten? Sicher, aber an die kann ich mich, wahrscheinlich weil mich das schnelle Englisch der Darsteller des Staatsanwaltes und der Verteidiger mit der Zeit ermüdet hatte, nicht erinnern, nur noch daran, dass Schuldsprüche und Urteilsbegründungen vorgetragen wurden; doch dieses Filmsegment fiel relativ kurz aus, deutlich kürzer, als es bei einem wirklichen Prozess der Fall gewesen wäre.

Dann gab es wieder einen Schnitt. Wir sahen für etwa eine Viertelstunde abwechselnd den obersten Richter, der den Tenor verlas, und die vornübergekrümmten Gestalten der Angeklagten; und in beiden Sälen, dem Gerichtssaal und dem Kinosaal, herrschte, dies deutsche Wort trifft es nun ganz genau: *Totenstille*.

Und richtig, das, was wir alle gehofft hatten, geschah. Drei der vier Ärzte wurden zur Exekution verurteilt, ob durch den Strang oder durch die Guillotine, weiß ich nicht mehr. Einer von ihnen klappte, als er seinen Namen und den Schuldspruch hörte, zusammen. Er musste aufgefangen und gestützt werden – von zwei Uniformierten, die hinzugeeilt waren, denn seine Verteidiger, die ja rechts und links neben ihm standen, rührten keinen Finger; im Gegenteil, sie belächelten den Schwächeanfall ihres Mandanten.

Die beiden anderen Angeklagten bewahrten, während sie erfuhren, dass sie hingerichtet würden, Haltung, und wirkten dabei wie versteinert und setzten sich erst wieder, als einer der Richter es ihnen befahl.

Einzig Dr. A. schaute dem Mann, der die Robe des Obersten Richters trug, hocherhobenen Hauptes, ja trotzig, wenn nicht herausfordernd ins Gesicht. Aber zu seinem und auch dem Erstaunen des Publikums, durch dessen Reihen nun ein von mehreren Oh-no-Rufen begleitetes Murren ging, bekam er nicht einmal zwanzig oder wenigstens zehn Jahre Gefängnis, sondern einen glatten Freispruch.

Dr. A. schrie auf und protestierte – gemeinsam mit uns Zuschauern. »Warum«, brüllte er, »warum beleidigen Sie mich, Herr Richter?! Ich verlange Gerechtigkeit, keine Gnade! Ich bin schuldig! Ich will das

Schicksal meiner Mitangeklagten teilen. Ja, Kameraden, sterben will ich, sterben, wie ihr … «

Er wurde, wohl weil das hohe Gericht sich sein provokantes Gezeter nicht länger bieten lassen mochte, von mehreren Wachleuten aus dem Saal gezerrt, doch selbst dagegen setzte er sich noch heftig zur Wehr.

Die vorletzte Sequenz dieses Films zeigte Dr. A. einige Wochen später in einem herbstlichen Park auf einer Bank. Er saß da wie ein Kutscher auf dem Bock, die schmalen Hände zwischen den spitzen Knien, die sich deutlich abzeichneten, selbst durch die weiten Wollhosenbeine. Der Wind zauste ihm den Haarschopf, der, wie mir schien, an den Schläfen nun doch nicht mehr ganz so voll und dunkel war. Aber sein Filmstargesicht wirkte immer noch glatt und weich und irgendwie sogar schön, was von diesem melancholisch-gebrochenen Blick herrührte, den er auch bei der Verhandlung gehabt hatte, selbst wenn er wütend gewesen war.

»Natürlich«, sagte Dr. A. in die Kamera, »bin ich sehr, sehr traurig. Ich denke pausenlos an meine Kameraden. Ich schreibe jedem von ihnen jeden Tag. Doch keiner hat mir auch nur einmal geantwortet, was ich verstehe. Ich werde mich bemühen, wenigstens ihre Witwen und Kinder zu trösten. Ich selbst habe zum Glück keine Familie, bis auf den Onkel, der ja nun auch schon länger im Kerker schmachtet und wahrscheinlich dort sterben wird. Und das Schwert des Todes, das über den Häuptern meiner Kameraden schwebt, kann jeden Moment fallen. Dann habe ich nicht einmal mehr diese kleine Wahlverwandtschaft. Dann bin ich ganz allein, in einem besiegten und zerstörten Land, das mir einst Heimat gewesen ...«

Nachdem er *Heimat* gesagt hatte, eigentlich schon nach dem Wort *Wahlverwandtschaft*, mit dem dieser erbärmliche Phrasendrescher sicher nur beweisen wollte, dass er seinen Goethe sehr wohl kannte, schaltete ich innerlich ab. Aber andere Zuschauer murrten erneut – oder immer noch –, und einige fingen an zu lachen, weil Dr. A. einfach nicht aufhörte. Nein, er quasselte weiter und weiter, derart geschwollen und dennoch eindringlich, dass auch ich begann, ihn komisch zu finden, ja, sogar ein bisschen zu bedauern – und versucht war, komplett zu vergessen, wer da quasselte, ein Schauspieler, ein echt guter Schauspieler, wie ich zugeben muss, nämlich der dort, der jetzt den Rest seiner Zigarre neben und nicht in den Aschenbecher geworfen hat und sich wieder der Drehtür nähert, um unterzutauchen zwischen all den hinter der Glaswand durcheinanderwuselnden Menschen, ehe ich ihn eventuell zur Rede stellen könnte, wenn, ja, wenn ich könnte ...

So ähnlich, wie ich es gerade erlebe, endete auch der Film. Dr. A. verschwand. Während er quasselte und nicht aufhörte, entfernte sich die Kamera von ihm, er wurde kleiner und kleiner und leiser und leiser und war bald nur noch ein flüsterndes und dann stummes Pünktchen in einem riesigen, herbstlich bunten Park, der ebenfalls kleiner und kleiner und bald zu einem rot-gelb-grünen leicht hügligen Feld wurde, ganz so, als sei der Kameramann zum Schluss mit einem Hubschrauber unterwegs gewesen und weiter und weiter aufgestiegen ins Weiß der Wolken über einer Gegend, die vermutlich keine deutsche, sondern eine amerikanische war, oder eine französische; da bin ich mir, obwohl ich mich ja nun doch an vieles erinnern konnte, nach wie vor nicht sicher.

Immer noch murrend und auch schon halblaut miteinander disputierend und ohne den Abspann abzuwarten, erhoben sich die Zuschauer aus den bequemen rotsamtenen Kinosesseln. Wir, Andy und ich, strebten ebenfalls ins Freie. Andy schwieg, aber ich musste mir Luft machen: »Das war ja wohl der allergrößte Mist! Der Arsch ist ein Faschist, bloß schwach halt, unfähig, das zu tun, was er aus unerschütterlicher Überzeugung wollte. Wie konnten sie den laufen lassen …«

Andy ergriff meinen Arm und führte mich in ein nahe gelegenes Pub, in dem man damals noch rauchen durfte. Erst als wir uns gesetzt und Andy zwei große Samuel Adams bestellt hatte und für sich noch einen doppelten Whiskey dazu, brachte er auch mal ein paar Worte über die Lippen: »Warum regst du dich auf? Was dieser Cockroach wollte oder nicht wollte, ist völlig unerheblich. Er hat es nicht getan und basta! Du hast die Urteilsbegründung nur nicht richtig verstanden oder nicht zugehört. Er sei, hieß es, ›von der geplanten Tat strafbefreiend zurückgetreten‹. Aber erfolgte dieser Rücktritt von der Tat nun freiwillig oder unfreiwillig? Ich bin kein Jurist, doch wie ich weiß, ist dieser Aspekt, zumindest laut Strafgesetzbuch der Bundesrepublik Deutschland, ziemlich wichtig, und dennoch kam gerade der merkwürdigerweise nicht zur Sprache. War das ein Drehbuchfehler? Oder ein Regiefehler?«

»Freiwillig oder unfreiwillig, *die* Frage halte ich für wesentlich«, sagte ich, »nicht die, ob es ein Drehbuch- oder ein Regiefehler war. Der Blödmann ist jedes Mal, wenn er morden sollte, in Ohnmacht gefallen. Wird man etwa freiwillig ohnmächtig?«

»Wer hätte die Kompetenz, das in einer Weise zu beurteilen, die jeden Zweifel ausschließt? Ein Richter? Ein psychologischer Gutachter?«, konterte Andy. »Vielleicht war der Typ hysterisch, das würde zu ihm passen. Oder er hat die Blackouts nur vorgetäuscht, weil er meinte: Solange die anderen glauben, mir wären tatsächlich die Sinne geschwunden, halten sie mich höchstens für eine Flasche, aber nicht für einen gefährlichen Naiven, einen Humanmediziner alter Schule, der, als er zu uns kam, nicht mal ahnte, was bei uns abgeht. Aber nun, da er es weiß, schreibt er womöglich an irgendwelche Vereine dort draußen sentimentale Briefe, in denen das alles haarklein drinsteht. – Und könnte es nicht sein, dass er seine Mörderkameraden, selbst im Gerichtssaal noch, viel mehr fürchten musste als den Blickkontakt mit seinen potenziellen Opfern und dass er deswegen einfach immer wieder seine Show abgezogen hat, auch später, auf der Anklagebank, und zuletzt auf der Parkbank!? Vielleicht ist es ihm gelungen, alle zu täuschen, seine widerlichen Kollegen, die Richter, uns Zuschauer …«

»Das ist mir jetzt wirklich zu spitzfindig!«, empörte ich mich; »Wäre dem so, dann hätte der Berufsschauspieler ja einen Laienschauspieler gespielt, dessen Talent größer ist oder war als seins. Und das wiederum wäre L'art pour l'art – oder, weniger hochtrabend ausgedrückt, Aspik in Gelee. Nee, nee, der echte Nazi wollte, konnte bloß nicht. Der war – und bleibt, falls er immer noch lebt – wie die anderen von der Bande: ein gehirngewaschener Rassist, nur dummerweise zart besaitet, nein, schwach …«

»Schwach?«, unterbrach mich Andy. »Frag doch gleich, warum er Arzt geworden ist, wenn er niemanden töten kann. Veterinärmediziner und Tierpfleger, die können das, die müssen das können.«

Zu meiner Verwunderung erhellte sich Andys Miene plötzlich; er orderte seinen vierten Jim Beam, und für mich auch einen, und sagte: »Nebensächlich, völlig nebensächlich. Nehmen wir mal an, die Geschichte stimmt und dieser Typ war wirklich so, wie er uns in dem Film verkauft wurde. Wäre es dann nicht egal, warum er aus den Latschen gekippt ist, jedes Mal, wenn ihn der Mensch, den zu töten er doch ernsthaft beabsichtigte, anschaute – *aus großen, dunklen Augen*, um seine Worte zu gebrauchen. Das Entscheidende ist doch, dass er unter genau diesen Bedingungen *zuverlässig* in Ohnmacht fiel. Womöglich hätten die drei Augenpaare, die seine Augen suchten, auch klein und hell sein können. Und vielleicht waren es gar nicht die Augen, die ihn vom Töten abhielten, sondern der Gedanke: Ich soll jetzt töten, einen Menschen töten. Gut, das Modell für unseren Schauspieler dürfte sich mittlerweile in die Grube gegrämt haben, aber vielleicht war dessen interessanter Defekt ja doch kein Alleinstellungsmerkmal. Vielleicht gehörte der Typ aus dem Film, der mir all diese Rätsel aufgibt, zu einer seltenen Sorte von Freaks, und vielleicht ist diese Sorte nicht komplett ausgestorben. Was hindert uns, daran zu glauben, dass es in diesem Moment, dem Moment meiner Erleuchtung, einen, wenigstens einen Erdenbürger gibt, der jenem gleicht, der auch, wie auf Knopfdruck, das Bewusstsein verliert, sobald er einen anderen umbringen soll und meinetwegen sogar umbringen will? Und wodurch unterschiede sich dieser eine von den vielen, die ihre Artgenossen – allesamt Kronen der Schöpfung, wie sie selbst – abschlachten, eiskalt, oder eher zögerlich, aber auf Befehl dann eben doch? Und vielleicht gibt es unter den sieben

Milliarden Menschen, die unsere Welt derzeit bevölkern, nicht nur einen, sondern drei, vier, fünf, denen es im Fall der Fälle genauso ginge. Die müsste man nur finden und analysieren. Und wenn sämtliche Daten ausgewertet sind und der Schüssel zu diesem Pazifisto-Blackout, wie ich es jetzt mal nennen will, ermittelt ist, wäre es vielleicht möglich, uns alle, also alle Menschen auf dem ganzen Planeten, die männlichen und die weiblichen, so zu manipulieren oder, noch besser, so zu konditionieren, dass sie, falls sie versuchen sollten, ihresgleichen umzubringen, buchstäblich *augenblicklich* ohnmächtig niedersinken. Lass uns erforschen, welches Gen Ohnmacht bewirkt oder was sonst am Homo sapiens biologisch verändert werden muss, um diesen Effekt zu erzielen, dann wäre es bald vorbei mit Mord und Totschlag und Krieg. Und wir, wir beide, Asta, wir gewinnen den Friedensnobelpreis und den für Medizin und wer weiß welche noch. – Na, bin ich genial oder was«, fügte Andy strahlend hinzu.

Er sah aus, als hätte er sich gerne immer weiter forttragen lassen vom Strom seiner wirren Gedankengänge; aber im Eifer seines Monologs hatte sich seiner ein heftiger Schluckauf bemächtigt, und der warf ihn nun zurück an den Strand der Realität.

»Genial«, höhnte ich, »warum wollen Männer immer genial sein? Ich möchte lieber helfen und, wenn es drauf ankommt, bitte nicht das Bewusstsein verlieren.«

Ach ja, der liebe Andy hat an dem Abend schon einen ziemlichen Wirrsinn zusammengeplappert, aber ich auch.

»Was wäre denn«, sagte ich, »wenn Helfer, nur weil die Hilfsbedürftigen, etwa Schwerverletzte, unter ihren helfenden Händen manchmal trotzdem sterben, bei dem Gedanken an diese Möglichkeit ohnmächtig würden? Und sind Helfer im anderen, dem übertragenen Sinne des Wortes, nicht ohnehin oft genug ohnmächtig?«

Wir redeten noch eine Weile hin und her, über die sogenannte schwarze Pädagogik, die Müttern empfiehlt, ihre Säuglinge, die ja noch symbiotisch mit ihnen verbunden, also ohne eigenes Ich sind, genau nach der Uhr zu stillen und außerhalb dieser festgelegten Zeiten so lange brüllen zu lassen, bis sie total entkräftet verstummen und aufgeben, den Geist aufgeben, den sie noch gar nicht haben.

»Säuglinge«, sagte ich, »sterben, wenn sie nicht von irgendwem irgendwie genährt werden, binnen weniger Stunden. Sie dehydrieren; das wissen diese kleinen Nesthocker nicht, aber sie fühlen es.«

»Und wozu das alles«, fragte Andy.

»Sie sollen halt lernen, dass der Mensch nicht immer gleich seinen Willen kriegt«, sagte ich. »Und die Mütter sollen sich gefälligst die Ohren verstöpseln und ihren Brutpflegeinstinkt unterdrücken.«

»Genau«, bestätigte Andy und ließ uns wieder zwei Jim Beam kommen. »Und so«, fuhr er mit schwerer

Zunge fort, »entwickelt sich die Angst, diese fucking Todesangst, die dich später befähigt, den anderen zu killen, bevor er dich killt.«

»Ja«, sagte ich, »das mag zutreffen, doch eher auf Jungs als auf Mädchen. Und gewiss«, ereiferte ich mich, »wäre der Mutter von dem Nazi, den wir meinen, ein Mädchen lieber gewesen, darum hat sie ihren Sohn wie ein solches behandelt und erzogen. Unter diesem Gesichtspunkt braucht es gar keine Genmanipulation oder Umkonditionierung. Vielleicht sollten einfach alle Menschen, auch die männlichen, wie Mädchen aufwachsen.«

»Ist denkbar«, antwortete Andy, »ich will aber kein Mädchen sein. Außerdem gibt es auch Mörderinnen, zumindest jetzt noch.«

»Nicht viele«, widersprach ich.

»Weil die normalerweise nicht zur Armee müssen«, lallte Andy und bemühte sich, seinen Schluckauf zu ersäufen im sechsten oder zehnten Samuel Adams. Und ich nickte und sagte nichts mehr, denn auch mein Gehirn lähmte der Alkohol allmählich.

Wir betranken uns gründlich. Und irgendwann schwankten wir hinaus in die Nacht und waren uns einig und von Herzen gut und fragten einander trotzdem nicht: Zu mir oder zu dir. Vielleicht, weil selbst zu einer derart simplen Frage keiner von uns beiden mehr fähig gewesen wäre – und zu dem, was ihr hätte folgen sollen, sowieso nicht.

Drei Tage später flog ich zurück nach Managua. Von Andy kamen noch zwei Ansichtskarten, doch er könnte auch einige mehr geschickt und die mich nur nicht erreicht haben. Ich schrieb ihm ebenfalls einen Brief, ich hatte, glaube ich, sogar zuerst geschrieben. Aber hatte er meinen Brief erhalten? Aus den knappen Zeilen auf den Rückseiten seiner New-York-Ansichtskarten ging nichts dazu hervor. Und dann, über der Arbeit im HAN, vergaß ich Andy – bis heute, nein, bis eben.

Ach, Andy, du warst okay und so geistreich. Warum ist aus uns kein Paar geworden, ein Kleintierzüchter-und-Krankenschwester-Paar? Klingt doch nett, oder?, denkt Asta. Beinahe hätte sie die Lippen gespitzt und begonnen, die Melodie des Tom-Waits-Songs zu pfeifen, den ihr Andy manchmal vorgesungen und den sie später noch oft im Original gehört hat, auf einer Schallplatte mit dem Titel »Rain Dogs«, dem Abschiedsgeschenk von Andy: »And it's time, time, time, and it's time, time, time / and it's time, time, time, that you love / and it's time, time, time …«

Aber natürlich lässt sie es bleiben, schüttelt bloß eine neue Zigarette aus dem schon fast leeren ersten ihrer zehn Camel-Softpacks, gibt sich Feuer und nähert sich der Drehtür. Sie lehnt ihre Stirn gegen die Glasfront daneben; und wieder fischen ihre Augen in der Menschenmenge dahinter nach einem Gesicht, das einem anderen, ihr irgendwie bekannt vorkommenden Gesicht ähnelt, kann jedoch keins entdecken – bis vor dem China-Imbiss eine Frau Platz nimmt, eine junge Frau, die ihren Pappteller voll Nudeln nicht auf einem der Bistro-Tische abstellt, sondern auf ihrem Schoß. Sie trägt, trotz der Hitze, ein kostbar wirkendes, wahrscheinlich reinseidenes cremefarbenes Kopftuch, jedoch nicht so, wie die Kurdinnen es für gewöhnlich tragen; nein, ihres liegt, obwohl es die Stirnlocken nicht verdeckt, rundum ganz eng an und ist im Nacken geknotet. Das war in den Neunzehnhundertdreißigerjahren modern, denkt Asta. Auf diese Weise schützten sportliche Damen, die neben Herren mit Schiebermützen und Karojacketts in roten Cabrios saßen, ihre Öhrchen vor dem rauen Fahrtwind.

Die Frau dort drinnen hat zarte rote Lippen, eine wohlgeformte, gerade Nase, kräftige Brauen und, wie Asta selbst aus dieser nicht eben geringen Distanz erkennen kann, lange schwarze Wimpern, unter denen jetzt, da die Frau hochschaut, äußerst seltsame Augen hervorblitzen. Oh, Strabismus divergens, denkt Asta. Doch Stella, unsere einzigartige Schwester Stella, die schielte noch schöner. Und sowieso war Stella viel schöner als die da.

Stella, die Halbitalienerin aus Baden, war die Ruhe selbst; sanft-, ja, gleichmütig flossen ihre Bewegungen dahin und hatten trotzdem nichts Träges oder gar Laszives. Stellas Erscheinung war tatsächlich eben das: eine Erscheinung. Und doch war sie sich ihrer vollkommenen, na ja, fast vollkommenen, Eleganz nicht bewusst. Und jeder, ausnahmslos jeder Mensch, egal ob Patient, Mitschwester, Arzt oder sonst wer, wurde, wenn Stellas Silberblick auf ihm ruhte, auch gleich ganz ruhig. – Silberblick?! Das, was Stella hatte, sollte eher *Goldblick* heißen. – Ihre Augen waren groß, mandelförmig – und bernsteinfarben wie die eines Löwen. Wenn sie jemanden anschaute, und manchmal eben auch mich, dann schaute sie mir nicht in die Augen; das konnte sie ja gar nicht. Nein, meine Augen suchten ihre, was Konzentration erforderte. Denn Stellas Augen waren kein *Paar*, sondern unabhängig voneinander nahezu ständig in Bewegung; immer hatte ich das Gefühl, ich müsste eines der beiden fangen und festhalten. Aber Stellas Augen, mal dieses, mal jenes, machten sich gleich wieder frei und rollten weiter durch die Gegend, so, als sei die Frau, der sie gehörten, verpflichtet, nichts ringsum außer Acht zu lassen.

Stella haderte nicht mit ihrer, wahrscheinlich angeborenen, beidseitigen Exophorie, sie haderte mit nichts und niemandem. Stella war durch und durch freundlich, sogar heiter, obwohl sie nie lachte, nur permanent lächelte, derart schwach, nein, federleicht, dass man sich fragte: War das überhaupt ein Lächeln oder rührte dieser Eindruck von den Grübchen her, die sich in ihren Mundwinkeln zeigten, sobald sich ihre vollen, weichen Lippen ein klein wenig hoben.

Eine unserer Patientinnen dort im II. Ulan-Bator-Klinikum, ein zwölfjähriges, herzkrankes Mädchen, das von seinem Vater, der in der DDR zum Spinnereifacharbeiter ausgebildet worden war, recht gut Deutsch gelernt hatte, nannte Stella eines Tages *die schielende Heilige*. Dieser Name passte derart gut, dass wir ihn beibehielten, zumal Stella selbst nichts Anstößiges daran zu finden schien. Der schielenden Heiligen oder Stella oder »unserem Augenstern«, wie die Oberschwester, die sich auch für oberschlau hielt und eine Menge einbildete, auf ihr »perfektes Italienisch«, manchmal zu ihr sagte, war es egal, ob man sie so oder so oder so rief; sie eilte herbei und tat, was sie zu tun hatte, gelassen, geschickt und mit diesen verdrehten, aber dennoch oder gerade deshalb unfassbar, buchstäblich *unfassbar*, schönen Augen.

Natürlich wusste das mongolische Mädchen nicht, dass der Spitzname, den es Schwester Stella gegeben hatte, gleich doppelt treffend war. Denn Stella, die auch gern Kopftuch trug, »aus Gewohnheit«, wie sie sagte, hatte ursprünglich Nonne werden wollen. Nicht, weil ihr Glaube so stark gewesen sei, sie habe sich nur nach einem strukturierten, erfüllten, von den Unwägbarkeiten einer individuellen Existenz unabhängigen Leben gesehnt, dem Klosterleben eben.

»Ich war gerade mit meiner medizinischen Ausbildung am Heidelberger St.-Josefs-Krankenhaus fertig geworden und erst einundzwanzig Jahre alt, aber schon Novizin des Ordens der Barmherzigen Schwestern vom heiligen Vinzenz von Paul«, erzählte sie uns fünf anderen deutschen CARE-International-Austauschschwestern, als wir sie während einer Weihnachtsfeier, ihrer ersten und letzten bei uns, fragten, welcher Wind sie denn in die Steppe verweht hätte.

»Seit Anfang Dezember 1998«, fuhr Stella fort, »versorgten ich und zwölf weitere Vinzentinerinnen umschichtig etwa fünfzig Schwestern dieses Ordens, die alle ihr Leben lang in Kindergärten, Internatsschulen, Krankenhäusern, Heimen oder Hospizen gearbeitet hatten und nun hochbetagt und selbst pflegebedürftig waren.

Und eines Morgens, ich hatte – ausnahmsweise allein, also ohne die Hilfe einer zweiten Schwester – eine relativ ereignislose Nachtwache hinter mich gebracht und noch viel Zeit bis zum allgemeinen Wecken, Waschen, Fiebermessen, da kam mir die fabelhafte Idee, dass ich ja mal die Gebisse unserer Greisinnen reinigen könnte, aber gründlich und nicht bloß immer mit diesen Kukident-Brausetabletten. Gedacht, getan. Ich schnappte mir eine Blechschüssel, ging von Bett zu Bett und klaubte die Gebisse aus den Gläsern, die auf den Nachtschränkchen standen.

Als ich sämtliche dritten Zähne eingesammelt hatte, ging ich zurück ins Dienstzimmer, ließ warmes Wasser in die Schüssel laufen, gab Cremeseife dazu, nahm eine nagelneue Wurzelbürste und begann, meine Beute Stück für Stück abzuschrubben. Ich war gerade richtig schön dabei, da berührte mich etwas an der Schulter, so unerwartet und eisig, dass ich furchtbar erschrak. Es war die Hand meiner Novizenmeisterin, der Schwester Maria Augusta, die immer zu früh zum Frühdienst erschien; doch daran hatte ich in meinem Eifer nicht gedacht. Ich schnellte hoch, die Blechschüssel rutschte mir vom Schoß und fiel scheppernd zu Boden. Und zu Boden, dorthin, wo all die Gebisse verstreut lagen und das Seifenwasser Schwester Maria Augustas und meinen Rocksaum tränkte, starrte mit schamheißem Gesicht nun auch ich. Denn die ansonsten eher zurückhaltende, grundgütige Maria Augusta hatte mich soeben leise, ja fast tonlos vor Zorn, gefragt, ob ich verrückt geworden sei.

Wie aufs Stichwort schneiten in dem Moment auch noch die Schwestern Maria Imelda und Maria Lucrezia zur Tür herein, die ebenfalls Frühdienst hatten, und auch sie stemmten die Hände in die Hüften und starrten mich vorwurfsvoll an. Und ich? Ich war den Tränen nahe und mir keiner Schuld bewusst, noch nicht.

Aber nur allzu bald begriff ich, was ich verbrochen hatte und dass ich es nie wieder wagen konnte, meinen Mitschwestern in die Augen zu blicken, nicht einmal dann, wenn meine Augen zur Strafe plötzlich gesund geworden wären. Tage-, nein, wochenlang versuchten wir, jeder der zum Teil schon moribunden Frauen, die ihre letzten Jahre, oft genug nur Monate, im Haus St. Valentin und in unserer, also auch meiner, Obhut verbrachten, das für sie gemachte und darum nur ihr passende Gebiss zuzuordnen. Viele Male baten wir eine nach der anderen, doch bitte den Mund zu öffnen, uns probieren zu lassen, ob diese oder jene der knapp hundert Ober- und Unterzahnprothesen möglicherweise die seien, die ihr gehört hatten, ehe der Putzteufel in mich fuhr. Aber jegliche Liebesmüh war vergebens.

Aus lauter Verzweiflung schlug ich irgendwann vor, die Zahnärzte ausfindig zu machen, die unsere Schwestern da und dort und dann und wann behandelt hatten. Ach, wäre ich für dies absurde Ansinnen wenigstens verspottet, verhöhnt, gescholten worden! Aber nein, niedergeschlagene Augen, Schweigen.

Selbstverständlich bekam ich Ärger mit der Schwester Oberin, auch mit der Hospizleitung und der Ordensleitung, die es immerhin ermöglichte, dass den rüstigsten unserer alten Nonnen auf Kosten der Kongregation neue Zahnprothesen angefertigt wurden.

Bis es so weit war, gab es zum Frühstück Haferschleim, entrindetes Weißbrot mit Tee oder Milchkaffee und mittags und abends Breikost. Das verdross die armen Greisinnen natürlich sehr. Manche von ihnen wurden sogar depressiv. Außer den Gebeten, die wir für ihr Seelenheil gen Himmel schickten, war Essen, möglichst gutes Essen, das Einzige gewesen, woran sie noch ein bisschen Freude gehabt hatten.

Tja, was soll ich sagen? Zwei, drei Wochen gingen ins Land, das neue Jahr begann. Meine Schwestern tadelten mich nicht, gingen mir nur aus dem Weg.

Sie ignorierten meine Scham, obwohl sie gespürt haben müssen, wie sehr ich meine Dummheit bereute. Ich wurde noch einsamer, als ich es eh schon gewesen war, und mochte kaum mehr beten, nicht einmal allein in meiner Zelle; das habe ich, weil ich es für Zeitverschwendung hielt, ja nie wirklich inbrünstig getan.

Es kam der Tag, an dem ich der Schwester Oberin offenbarte, dass ich das Noviziat nicht beenden, mir keine drei Namen aussuchen, nicht um den Profess bitten, sondern ins bürgerliche Leben zurückkehren wolle. Und sie, sie legte mir nicht den kleinsten Stein in den Weg, obwohl ich gerade darauf heimlich, aber mit ganzer Kraft, gehofft hatte, denn das hätte ich als eine Art Verzeihen interpretieren können. Auch meine Novizenmeisterin und die anderen Schwestern verabschiedeten mich umstandslos kühl, wünschten mir nicht einmal eine gute Reise.

Und? Was glaubt ihr nun? Warum bin ich gerade bei euch gelandet? Ich habe schließlich Krankenschwester gelernt, wie ihr. Ich bin fleißig und zuverlässig, und den Übermut, der wohl beides gleichermaßen war, meine Stärke und meine Schwäche, den verkneife ich mir seit der Sache mit den Zahnprothesen. Sicher wäre ich auch in einer normalen deutschen Klinik untergekommen, doch hier verdiene ich mehr. Das ist ein Trost, der Grund ist es nicht. Als ich noch Novizin war, galt für mich, was für alle Ordensfrauen gilt, ora et labora; und es ist egal, ob diese

Ordensfrauen in Berufen tätig sind oder sich bloß berufen fühlen und von früh bis spät vor ihrem Angetrauten, dem Herrn Jesus Christus, auf den Knien liegen – oder gleich der Länge nach auf dem Bauch.

Ich habe der Heidelberger Sparkasse einen Dauerauftrag erteilt; jeden Monat lasse ich fast meinen gesamten Lohn an meinen ehemaligen Orden überweisen. Die sollen sehen, dass ich meinen Teil beitrage, um den Schaden, der durch mich entstanden ist, ein wenig zu minimieren. Das macht es sicher nicht wieder gut, zumal ich nicht weiß, wie hoch die Kosten für die neuen Gebisse waren und ob wirklich jede der alten, aber noch einigermaßen stabilen Schwestern berücksichtigt wurde, trotzdem hilft es, zumindest mir, gegen die Gewissensqualen.

Damit dürfte eure Neugier wohl befriedigt sein. Und ich bedanke mich, dafür, dass ihr mir die Beichte abgenommen habt«, sagte Stella noch, mit diesem Lächeln im Gesicht, das vielleicht gar keins war, und leerte auf ex zwei Becher Glühwein hintereinander. Als sie die intus hatte, schielte sie seltsamerweise nicht mehr so stark wie zuvor.

Stella hatte uns ihre Geschichte erzählt, also selbst dafür gesorgt, dass sie ihr nicht entkommen konnte, und ebendies womöglich für einen Fehler gehalten, ihren nächsten Fehler, der sich auch nicht wiedergutmachen ließ. Denn drei Tage später erschien sie nicht zum Dienst. Als wir nachschauten, stand ihr Koffer noch unter dem Fenster, im Schrank lagen, ordentlich gefaltet, diverse Kleidungsstücke, ihr Bett, auf dem ein zerknautschtes Plüschbärchen saß, hatte sie, wie ihre Zimmergenossin Schwester Evelyn bestätigte, erst am Vorabend frisch bezogen – und dann unberührt zurückgelassen.

Stella entschwand, wie sie erschienen war: unerwartet, selbstverständlich, rätselhaft. Vielleicht hat sie das Rad ihres Schicksals noch weiter drehen und, da sie keine Ordensschwester geworden war, auch keine Krankenschwester mehr sein wollen. Oder ein junger Chalcha-Mongole, ein Burjate, ein Tuwine, … hatte Stella erblickt, sich unsterblich in sie verliebt und sie in seinen Aimag am Fuße des Altais oder des Tannuola-Gebirges entführt, wo niemand sie finden würde, zumal diese Araten ja nicht standorttreu sind, sondern ihren Schaf-, Ziegen- und Yak-Herden folgen, denn besser als selbst jeder Mongole hören die das Gras wachsen, das sie alle, die Tiere – und somit auch die Menschen – dieses kargen, riesigen Landes, ernährt.

Den Verdacht, dass Schwester Stella womöglich einem Gewaltverbrechen zum Opfer gefallen sei, hegte keine von uns, und falls doch, dann behielt sie ihn für sich. »Jede andere«, versicherten wir einander immer wieder, »aber nicht unsere schielende Heilige.«

Asta ist elend zumute, sie verspürt einen seltsamen Druck im Oberbauch. Davon, dass sie sich seit Stunden draußen herumtreibt, kommt es sicher nicht. Der Tag neigt sich allmählich dem Ende zu, und die Sonne brennt längst nicht mehr so heiß wie vor dem Gewitter, das während ihrer Landung niederging. Etwas Falsches gegessen hat sie auch nicht. Ihre letzte Mahlzeit ist das Frühstück im zweiten Flugzeug gewesen, ein klebriger Mini-Muffin. Sie löscht die Zigarette, die sie sich eben erst angezündet hat, und steckt den *Hugo*, wie noch rauchbare Stummel bei ihr heißen, ins Seitenfach ihrer schweinsledernen Umhängetasche.

Soziophobie hin, Logophobie her, denkt sie, wenn ich nicht aus den Latschen kippen will, sollte ich jetzt endlich eine halbe Runde Drehtür fahren, dort drinnen nach einer Damentoilette suchen, meinen Mund unter einen Wasserhahn halten …

Sie steuert die Drehtür an, bleibt dann aber doch neben dem Stahl-Ascher stehen und kramt nicht etwa den Hugo hervor, sondern öffnet das zweite Softpäckchen ihrer Duty-free-Zigarettenstange, steckt sich eine frische Camel in den Mund und gibt sich Feuer. Diese noch, denkt sie, und dann … Wenn ich einen Schluck getrunken und vielleicht sogar einen Happen gegessen habe, fühle ich mich sicher wieder besser. Der Scheiß-Koffer, in dem eh nur ein paar verwaschene, ausgeleierte T-Shirts stecken, kann in San Salvador oder in Madrid oder mir gestohlen bleiben. Ich gehe runter zu den Bahnsteigen, löse ein Ticket, nehme den nächsten Zug nach Berlin. Oder erst einmal nach Leipzig? Dort bin ich doch immer noch polizeilich gemeldet? Ich checke in einem billigen Hotel ein, mache meine Rentenansprüche geltend, versuche, irgendjemanden anzupumpen. Womöglich ist noch ein Rest vom letzten Lohn auf meinem Konto bei der Deutschen Bank. Und habe ich nicht auch einen Überziehungskredit? Um all das sollte ich mich endlich mal kümmern. – Und sprechen? Sprechen muss ich gar nicht. Ich wickle mich in einen dicken Wollschal und tu so, als hätte ich meine Stimme verloren. Oh, entschuldige, Stimme. Ich weiß ja, dass du bei mir bist. Aber außer mir konnte und kann dich keiner vernehmen, nicht einmal die mongolischen Schafe, die angeblich sogar das Gras wachsen hören. – Und wenn alle Stricke reißen, schreibe ich eben Zettel.

Sobald ich genug Kohle zusammenhabe, hau ich wieder ab, und warum nicht wieder nach Nicaragua? Die Arschgeigen vom HAN, haben die mir eigentlich offiziell gekündigt? Nicht, dass ich wüsste. So oder so, sie würden meinen Antrag auf Weiterbeschäftigung, falls ich einen solchen stellen wollte, wohl nicht einmal lesen, ihm stattgeben schon gar nicht. Doch wo und wie die olle Asta Arnold als Rentnerin zu leben gedenkt, das entzieht sich ihrem Einfluss. – Ich bin frei, frei wie ein Vogel ohne Flügel, ein Blechvogel, aber einer, zu dem es keinen Schlüssel mehr gibt, den niemand mehr aufziehen und über die Dielen hüpfen lassen kann. Frei wie eine von den Motten, die ich als Mädchen so gerne gewesen wäre, obwohl ich die Netze unterhalb der Straßenlampen sah, und die Spinnen, die seelenruhig inmitten dieser Netze saßen.

Ja, ich mach mich selbstständig. *Selbstständig*? War ich das nicht irgendwie mein ganzes Leben lang? Schon, aber eben nur irgendwie. Gut, mach ich mich halt unabhängig, nun auch beruflich – oder eher so aus Passion. Was brauche ich denn noch? Ein wenig Reis- und Bohnenbrei, gelegentlich einen Fisch oder ein Huhn, ein Palmwedeldach überm Kopf, einige Utensilien, die Eindruck schinden, diverse Tropfen, Salben, Pillen, in hübschen, deutsch beschrifteten Flaschen, Dosen, Schachteln. Ich eröffne nahe bei San Juan del Sur, am Playa El Coco oder am Playa La Flor, einen Laden, eine Art Sanitätsstation, in der ich die Nicas für eine Handvoll Centavos oder gegen Naturalien ein bisschen verarzte, Splitter ziehen, Wunden versorgen, Skorpionstiche lindern, Infekte bekämpfen, Fieber senken – und simple Knochenbrüche eingipsen; darin habe ich ja bereits Erfahrung.

Und wenn ich mir später mehr zutraue und mich an kleinere Operationen wage, wer sollte mir Einhalt gebieten?! Ich gebe die weise Weiße, die geheimnisvolle, stumme Heilerin. Ich bin vielleicht etwas irre, aber auch intelligent und nur wegen der zu großen Verantwortung nicht Ärztin geworden. – Und richtig, mir fehlte das Abitur.

Egal, ich habe nichts zu fürchten, nichts zu verlieren, nur eine reale Chance – und die Nicas ebenso, denn die können sich in den UNESCO-gesponserten Kliniken wohl gratis röntgen und eine Diagnose stellen lassen, doch für Medikamente und langwierige Behandlungen müssen sie schon ihre Sparschweine plündern. Und die Wege in die größeren Orte, also dorthin, wo sich diese Kliniken befinden, sind weit, zu weit, besonders während der Monate Mai bis Dezember, wenn die Pick-ups und die klapprigen Autobusse die vom Dauerregen aufgeweichten oder sogar überfluteten Pisten kaum noch schaffen.

Ich werde mir einen so guten Ruf erarbeiten, dass auch die jungen US-amerikanischen und europäischen Backpacker und Surfer, die neuerdings während der Trockenzeit Nicaraguas Strände bevölkern, meinen Service in Anspruch nehmen wollen. Die haben meistens keine Auslandskrankenversicherung, aber gerne mal Schürfwunden, Prellungen, Magenverstimmungen, Ohrenschmerzen, Kreislaufstörungen, Liebeskummer, einfache Sachen jedenfalls – und nicht viel, aber mehr Geld als die Nicas.

Sicher, so soll es sein; die Ausländer zahlen bar, die Einheimischen mit Fleisch, Gemüse, Fischen und Eiern, nur Schildkröteneier lehne ich ab. Meine Nicas müssen endlich begreifen, dass die tabu sind.

Vielleicht hilft mir Manfred bei der Suche nach einem Appartement oder einem erschwinglichen Grundstück für meine Hütte; angeblich verfügt er ja in ganz Lateinamerika über beste Kontakte.

Manfred, der alte Schwerenöter und Entwicklungshelfer, vor einigen Jahren hätte er einer von denen dort hinter der Glaswand sein können. Doch seit er Rentner ist, treibt er sich kaum noch in der Weltgeschichte herum, sondern hockt meistens auf seiner Kaffee-Farm nahe San Juan del Norte. – Wann habe ich ihn das letzte Mal getroffen? Wenn ich mich richtig erinnere, vor zehn Monaten, bei der Geburtstagsfeier seines jüngeren Bruders Doktor Wilhelm Maiwald, eines Chirurgen, der für einige Wochen bei uns im HAN gearbeitet hatte.

Was der wohl treibt, der Manfred, gerade jetzt, da ich hier stehe, mit diesem rätselhaften Brechreiz kämpfe und nicht einmal mehr rauchen mag? Ich sehe ihn in der Hängematte neben seiner Holzvilla liegen; er schaut hinab auf den Pazifik, nuckelt an einer Casa de Torres und lässt sich von seiner derzeitigen Nica-Lolita die ergraute Brustwolle kraulen. – Warum sind meine Gedanken so giftig? Weil ich, als ich ihn am 8. August 2011 in einer Tapas-Bar kennengelernt und er mich noch am selben Abend gebeten hatte, ihn doch bitte bald einmal zu besuchen, davon ausgegangen war, dass er mich sympathisch fand, vielleicht sogar begehrte. Er war damals zweiundsiebzig, ich erst einundsechzig. Hatte ich wirklich angenommen, das sei jung genug für so einen und in einem solchen Land?

Er wolle, sagte er, als ich ihn dann wirklich besuchte, nur mal wieder sein Deutsch ölen. Und das tat er, die ganze Woche lang. Er quasselte ohne Punkt und Komma, über seine Heldentaten, sein tolles Leben, seine mehr oder minder eingebildeten Zipperlein. Er liebte es, sich alle naselang den Puls fühlen zu lassen. »Deine Finger«, stöhnte er, »sind so schön kühl«. Und eines Nachts, ich war bei einem seiner Monologe eingenickt, krähte er mir ins Ohr, dass er einen *Herzenswunsch* habe: »Königsberger Klopse.«

Okay, die kochte ich ihm, auch Erbsensuppe, Rouladen, Gulasch und Rheinischen Sauerbraten, selbst marinierten natürlich; schließlich war ich sein Gast und, wie ich glaubte, immer noch eine Frau.

Ausgerechnet zu dem Sauerbraten lud Manfred einen Mann ein, den er mittags, während ich auf dem

Mercado nach einem ordentlichen Stück Rindfleisch suchte, in seiner Stamm-Cantina getroffen hatte und seinen ›einzigen echten Freund hier‹ nannte, einen ehemaligen Matrosen der Deutschen Seereederei Rostock.

Peter – groß, breit, lila Kartoffelnase – erschien um zwei Stunden verspätet, also etwa gegen zweiundzwanzig Uhr, und mit seiner Freundin Fernanda, einer dünnen, traurig dreinschauenden Nicaraguanerin, die, wie er betonte, in Los Credees, also nur drei Orte von Manfreds Anwesen entfernt, geboren wurde. Er habe ihre Schönheit schon während seiner letzten Fahrt vor dem Ende der DDR bewundert. Sie sei auf seinem Schiff, der MS Meißen, eine Art Küchenfrau gewesen, »eigentlich ein Mädchen für alles«, fügte er fröhlich hinzu und drückte Fernanda an sich, was ihr einen schrillen Schrei entlockte, denn sie trug ihren rechten Arm in einem zum Dreieck gefalteten, hinter ihrem langen schwarzen Haar geknoteten Kopfkissenbezug.

»Der Arm ist gebrochen«, sagte Peter fast stolz; »aber es handelt sich um eine glatte, völlig unkomplizierte Fraktur. Der Kerl, der die Röntgenbilder gemacht hat, meinte, das heile quasi von selbst. Wir sollten den Arm nur ein wenig ruhigstellen.« Seine Fernanda, erklärte er, sei nämlich leider etwas tollpatschig und vor drei Tagen beim Saubermachen die Treppe runtergefallen.

»Welche Treppe«, fragte Manfred grinsend, »euer

Bungalow ist ebenerdig und flach wie 'ne Flunder«.

»Das ist doch nicht zu Hause passiert!«, empörte sich Peter. »Bei mir herrscht Gleichberechtigung. Darum muss meine Prinzessin auch was dazuverdienen. Ich schick sie zweimal pro Woche putzen, nach Rivas, in eine Anwaltskanzlei, ein für hiesige Verhältnisse prächtiges, dreistöckiges Gebäude. Den Chef dort, einen Franzosen, kenne ich ziemlich gut. Von ihm stammt das halb vergammelte, aber noch nicht abbezahlte Motorboot, mit dem ich hin und wieder Touristen zur Insel Ometepe rüberbringe und ein bisschen umherschippere, um Marlins zu angeln.«

Manfred wiegte zweifelnd den Kopf. Auch ich dachte: Na, wenn das mal stimmt. Womöglich war dieser Peter betrunken und hat seine Freundin misshandelt.

»Und wo sind die Röntgenbilder«, fragte ich, denn zu der Zeit sprach ich ja noch ein wenig.

»In unserer Küche, neben dem Brotkasten!«, rief Peter, offensichtlich glücklich darüber, dass er sich daran erinnern konnte.

Ich legte meine Stirn in tiefe Falten und dreihundert Cordoba auf Peters säuberlich abgeleckten Teller. »Du gehst morgen zur Apotheke, kaufst Vaseline, fünfundzwanzig Gipsbinden, eine Doppelschlinge mit Klettverschluss, eine gepolsterte, falls es die gibt, und eine Packung Paracetamol«, sagte ich. »Und vergiss bitte nicht die Röntgenbilder! Sobald ihr den ganzen Kram zusammenhabt, erscheint ihr wieder hier. Den Rest erledige ich.«

Und tatsächlich, am nächsten Abend kamen sie, mit allem, was ich bestellt hatte. Peter wirkte sogar nüchtern. Ich schickte ihn und Manfred aus dem Haus. Bei dem, was jetzt zu tun war, konnte ich auf deren Gesellschaft nun wirklich verzichten.

Manfred allerdings kehrte noch einmal zurück. Er schlenderte an Fernanda und mir vorüber in Richtung Bad und wollte sich den elf Jahre alten Guardabarranco Ron de Nicaragua krallen, den ich für meine Patientin besorgt und unter der Schmutzwäsche versteckt hatte. Aber seine falsche Unschuldsmiene verriet ihn. Ich schubste ihn weg. Doch wie sich dann herausstellte, hatte auch er etwas versteckt. In dem Schrank neben dem Ecksofa befanden sich fünf Flaschen Single Malt! Zwei davon nahm er, warf mir einen extraarroganten Blick zu, verschloss den Schrank, zog den Schlüssel ab und entschwand endgültig, zumindest für eine Weile.

Ich setzte Fernanda ein großes Glas Ron de Nicaragua vor; sie leerte es und entledigte sich, mit dennoch schmerzverzerrter Miene, ihres Kleidchens, das glücklicherweise einen weiten Ausschnitt hatte, sich also leicht über den Gips ziehen lassen würde. Ich betrachtete die Röntgenbilder, die tatsächlich eine schöne, glatte Humerus-Fraktur zeigten, Fernandas seltsam verzogene Schulter und ihren geschwollenen, blaufleckigen Oberarm.

»Are you ready«, fragte ich. Sie nickte zaghaft. Darum schob ich ihr gleich fünf Paracetamol und sicherheitshalber auch noch das gelochte Ende eines Ledergürtels zwischen die Zähne. Sie solle, bedeutete ich ihr, kräftig zubeißen, während ich, da es ja sonst am Ende, wenn der Gips ausgehärtet war, übel geziept hätte, die Vaseline auf der flaumig behaarten Haut des gebrochenen Arms verteilte, denselben anwinkelte und mittels dreier dicker Bücher abstützte. Als das erledigt war, holte ich die eingeweichten Gipsbinden aus dem Bad und wickelte drauflos, so, wie ich es gelernt hatte, nicht zu fest und von der Schulter abwärts bis runter zum Handgelenk.

Fernanda wirkte erleichtert, schon bevor mein Werk so weit getrocknet war, dass ich es in die Doppelschlinge legen konnte, und gönnte sich, gleich aus der Flasche, einen satten Schluck Rum. Erst dann goss sie das Glas, das noch neben den Büchern auf dem Tisch stand, randvoll und reichte es mir, sehr geschickt, fand ich, zumal sie, im Unterschied zu mir, ja keine Linkshänderin war.

Es wurde eine lange Nacht; Fernanda sang Revolutionslieder, Peter erzählte, nicht eben flüssig, von der DDR-Seefahrt, davon, wie sauer sie immer gewesen wären, weil sie in keinem *Kapitalistenhafen* an Land gedurft hatten, Manfred riss Witze.

Als Fernanda und Peter gegangen waren, schaute Manfred mich anders an, irgendwie normal und vielleicht ein wenig bewundernd, womöglich sogar stolz.

Fernandas Bruch ist sicher längst verheilt, ihr rechter Arm wieder belastbar wie eh und je. Aber ganz genau weiß ich es nicht, denn kurz nachdem ich sie behandelt hatte, waren meine freien Tage vorbei; ich musste zurück in die Hauptstadt.

Ich hatte Fernanda geraten, den Gips mindestens einen Monat zu tragen und ihn dann, mithilfe einer Machete, einer Geflügelschere oder Ähnlichem, vorsichtig entfernen zu lassen. – Für meine Sanitätsstation brauche ich unbedingt so eine kleine, elektrische Rundsäge; die sollte ich im Fachhandel bekommen oder von einem alten Orthopäden, der seine Praxis schließen will. – Wenn mir bloß nicht derart übel wäre. Ich kann ja kaum mehr klar denken.

Doch bald, sehr bald schon, habe ich ein schönes Leben. Frühmorgens krieche ich aus meinem weichen Bett, brüh mir einen Kaffee, türkisch und ohne Milch. Die Tasse in der Hand, laufe ich barfuß zum Strand. Am Himmel kreisen die grauen Pelikane; aber jetzt, vor der aufgehenden Sonne, wirken sie scherenschnittschwarz. Und einer erspäht Beute und lässt sich fallen, schnell und schwer wie ein Stein. Für Sekunden sehe ich den silbrig glänzenden Fisch, dann nur noch, wie er zappelt im schlabbrigen Schnabelsack des Pelikans, der nun wieder abhebt, mit gemächlichen, weit schwingenden Flügelschlägen, und verschwindet, irgendwohin, wo er ungestört verdauen oder seine Jungen füttern und mein Blick ihm nicht folgen kann.

Ich setze mich, rauche eine Zigarette, beobachte den feuchten Sand, der da und dort verdächtig blubbert, und rauche die nächste und warte – bis sich einige Krabben aus ihren Löchern wagen, mir Stielaugen machen, drohend oder winkend ihre Scheren emporrecken und schließlich seitwärts davontänzeln, um sich erneut zu verstecken, diesmal unter einem der drei, vier im Sturm gefallenen, vom Meerwasser blank geleckten, knochenbleichen Mangroven-Stämme.

Ein Hund wäre gut – und leicht zu beschaffen. Ich geh die nächstbeste Dorfstraße entlang oder am Saum des Ozeans und begegne ganzen Rudeln streunender Köter, Promenadenmischungen jeder Größe, jeder Farbe, jeden Alters. Doch es gibt ja auch noch diese nicht völlig verwilderten Einzelgänger, deren Urvertrauen in unsere Spezies unbegreiflicherweise intakt geblieben ist. Denen brauchst du nur in die Augen zu schauen, schon folgen sie dir, als wärst du ihre Mutter. Ich werde ihn finden, meinen Hund, einen jungen, der kurzes helles Fell hat, eine dunkle Schnauze, einen treuherzigen Blick und drollige Schlappohren.

Oh Gott, gleich kotze ich. Aber nicht hier, nicht vor die Drehtür …

Es ist so weit, Asta kann keine Minute länger warten; sie muss, ob sie will oder nicht. Der Brechreiz quält sie dermaßen, dass sie in die Tür springt und, um den Drehprozess zu beschleunigen, auf die vor ihr befindliche der beiden Trennscheiben einschlägt. Nun geht nichts mehr, denn für einen in Astas Wahrnehmung unerträglich langen Moment bewirkten diese panischen Fausthiebe gerade das Gegenteil dessen, was sie doch beabsichtigt hatte – bis sie begreift, warum sie gefangen ist, und ihre Arme sinken lässt und einen Schritt zurücktritt. Die Blockade löst sich, und Asta stürzt, jeden, der ihr den Weg versperrt, beiseiteschiebend, quer durch die Halle, dorthin, wo smaragdgrün jenes bekannte Piktogramm leuchtet, das sie, seltsamerweise gerade jetzt, an eine Spielfigur erinnert. Sieht aus wie ein Mensch-ärger-dich-nicht-Männchen oder vielmehr -Frauchen, denkt sie.

Asta hat ihr Ziel erreicht und braucht nicht mal anzustehen, eine Kabine ist frei. Die betritt sie, schließt sich ein, beugt sich über die Klobrille. Doch es kommt nichts aus ihr heraus. In der Kabine rechts neben Asta betätigt jemand die Spülung. Oder geht das automatisch, fragt sie sich. Sie atmet schwer, versucht aber dennoch die Luft anzuhalten. Die Knie werden ihr weich, sie sackt in sich zusammen und dann auf den Fußboden. Vor ihren Augen tanzen Pünktchen. Nein, Glühwürmchen, denkt sie; hab seit Jahren keine mehr gesehen. Irgendwas schnürt mir die Brust ab, sicher mein BH. Der ist vom Trödelmarkt an der Kathedrale Santiago de Managua und zu eng. Gab ja keinen wirklich Passenden, nirgends dort. Wie wild mein Herz pocht – und so komisch unregelmäßig. Wenn das mal kein Myokardinfarkt ist. Vorderwand? Hinterwand? – Ich muss womöglich ins Gras beißen und denke keine schöneren Wörter als *nein* und *kein*. – *Ins Gras beißen*, das ist Barras-Deutsch, *den Löffel weglegen* auch. Gibt keinen Löffel hier und kein Gras. Das Zeug mochte ich nie. Hab es probiert, wurde bloß hungrig, nicht high. – Oh, soeben ist mein BH gerissen. Oder die unsichtbare Riesenfaust, die peu à peu das Leben aus mir herauspresst, macht mal kurz Pause. Durchatmen kann ich trotzdem nicht; die Faust schließt sich wieder, nicht schnell, aber stetig.

Das ist ein Infarkt, definitiv, denkt Asta, zumindest ein akutes Koronarsyndrom. – Hab ich die Klotür verriegelt? Ja. Kommt keiner rein, so bald nicht. Werden sie nur blöd gucken und keinen Defibrillator holen. – Such dir ein anderes Ohr, Stimme. Mach's gut, Rosita, meine kleine, meine einzige, meine wahre

Schwester, die ich ewig nicht gesehen habe, die mich nicht sehen wollte. – Na so was, ich denke an dich, und die Faust hält inne. Hat sie etwa Angst? Vor dir? Oder vor mir? Hattest du keine, als unser Vater, *der wandelnde Jähzorn*, wie Oma ihn nannte, zum ersten Mal nicht mich, sondern dich verprügelte, weil du die Schuld für eine meiner Missetaten auf dich genommen hattest? Ich hab geschwiegen, dich nicht verteidigt – und somit verraten. Bin abgehauen, auch zum ersten Mal, doch seitdem fast jeden Tag und schließlich für immer.

Asta schiebt sich ihre Umhängetasche unter den Kopf und die rechte Hand zwischen die Brüste; mit der linken umklammert sie die Duty-free-Tüte. Da sind noch neun Päckchen Camel drin, denkt sie, acht volle und eine angerissene, hundertneunundsiebzig Zigaretten. Schade, dass ich die nicht mehr rauchen kann …

– ENDE –

Katja Lange-Müller

Böse Schafe

Roman

Band 15625

Westberlin im Jahr 1987: Soja, gelernte Schriftsetzerin, Republikflüchtling, Aushilfsblumenhändlerin mit weitem Herzen, trifft Harry, groß, frei, still-entschlossen, abgründige Vergangenheit, düstere Zukunft. Und fortan bestimmt sein Schicksal ihr Leben.

»Am Ende dieses so hinreißenden wie anrührenden Romans angelangt, möchte man – allein, um der Erzählerin noch eine Weile zuhören zu können – gleich wieder von vorne beginnen.«
Neue Zürcher Zeitung

»Was diesen Versuch einer Liebesgeschichte am Rand der Gesellschaft so bravourös gelingen lässt: seine Glaubwürdigkeit, seine Würde, die nie pathetisch wirkt.«
Frankfurter Allgemeine Zeitung

Fischer Taschenbuch Verlag

fi 15625 / 1

Katja Lange-Müller

Die Enten, die Frauen und die Wahrheit

Erzählungen

Band 15621

Das harte Leben in Berlin, Boston und sonstwo, auch im Gras oder im Kleiderschrank.

Katja Lange-Müllers Erzählungen sind Kabinettstücke der genauen Beobachtung. Mit Liebe zum Detail, Gefühl für Stimmungen und einer bildhaften Sprache führt Katja Lange-Müller die hohe Schule der Erzählkunst vor: Storys in klassischer Manier, nach dem Modell des Hemingwayschen Eisbergs, bei denen das Wesentliche, das Anarchische und manchmal Bedrohliche unter der Oberfläche bleibt.

»Katja Lange-Müller ist eine Meisterin
des Understatement.«
Katharina Döbler, NZZ

Angelika Klüssendorf

Das Mädchen

Roman

Band 19455

Die Mutter terrorisiert ihre Kinder, der Vater trinkt – wenn er überhaupt da ist. Aber ›das Mädchen‹ arbeitet sich mit Mut und unbeugsamem Lebenswillen durch die niederdrückenden Verhältnisse einer Jugend und rettet sich in ›Brehms Tierleben‹ und Grimms Märchen. Schon am Anfang scheint hier alles zu Ende zu sein, aber ist das Ende doch ein Anfang? Mit ihrer klaren, knappen, präzisen Prosa, großer Lakonie und trockenem Humor versetzt Angelika Klüssendorf den Leser in eine Kindheitswelt, die das Kindsein kaum zulässt – und in der sich ›das Mädchen‹ dennoch behauptet.

»Einer der bewegendsten Adoleszenzromane deutscher Sprache«
Alexander Cammann, Die Zeit

»Es tut weh dieses Buch, seltsam gut tut es aber auch. Starkes Mädchen. Starkes Buch«
Elmar Krekeler, Die Welt

Fischer Taschenbuch Verlag

fi 19455 / 1

Wolfgang Hilbig

Der Schlaf der Gerechten

Band 15133

In seinen neuen Erzählungen setzt Wolfgang Hilbig die Erkundung der Nachtseite unseres Lebens mit überwältigender Eindringlichkeit fort. Seine Figuren folgen einer verwischten Spur ins Unbewusste und Vergangene, die sich durch dunkle Erinnerungslandschaften zieht. Den Leser führt diese meisterliche und beschwörende Prosa in unausgelotete Tiefen.

»Wolfgang Hilbig beschreibt Gerüche, Staub und Hitze so, dass der Leser riecht, schnieft, schwitzt und die letzten Seiten mit rußgeschwärzten Fingern umblättert.«
Berliner Zeitung

»Der rein und rundum gelungene Hilbig-Sound, der ruhig und kraftvoll fließende Strom der Worte, der Zeit still stellt, wie ein andauernder Rausch es tut …«
Süddeutsche Zeitung

Fischer Taschenbuch Verlag

fi 15133 / 1

Wolfgang Hilbig

Das Provisorium

Roman

Band 15099

Ein Schriftsteller aus Leipzig darf in den achtziger Jahren für befristete Zeit die DDR verlassen. Obwohl ihm der Westen fremd bleibt und sich seine neue Lebensgefährtin wieder von ihm trennt, läßt er den Termin für die Rückkehr verstreichen. Ohne wirklichen Kontakt zu seiner Umwelt, weder zur alten Heimat noch zur neuen Umgebung, verliert er langsam den Boden unter den Füßen, versinkt in Alkoholexzessen und Schreibkrisen.

Fischer Taschenbuch Verlag

fi 15099 / 1